ほのか魔界帖

淫望始末ノ事

睦月影郎

コスミック・時代文庫

この作品はコスミック文庫のために書下ろされました。

目次

第一章　九死に一生の大幸運

一

（今夜は、ここに寝るか……）

新吉《しんきち》は、町外れの辻《つじ》にあるお堂を見て思った。

まさに日が落ちた逢魔《おうま》が刻《とき》、お堂は庚申塚《こうしんづか》であろうか、今にも崩れそうな一間《けん》（約一・八メートル）四方の掘《ほ》っ建《た》て小屋である。

半分外れた扉から中に入ると、元は何の仏像だったか分からない木の固まりが放置されているだけだ。

今年は庚申の年だというのに、近在の人が見向きもしない場所で、庚申塚なら、祀《まつ》られているのは金剛童子《こんごうどうじ》だろうに、木の固まりは顔も身体も定かでない。

新吉は十八歳、三月《みつき》前から天涯孤独《てんがいこどく》となった。

元は二親と、蔵前《くらまえ》で借家だが小さな絵草紙屋を営んでいた。新吉は生来虚弱で、あまり外へ出ることはなく伏《ふ》せって店の書物にばかり目を通し、それなりに平穏な暮らしをしながら知識ばかり増やしていたのだ。

しかし隣家が大店《おおだな》の紙屋で、新吉の家の大家をしていたが、三月前そこへ盗賊《とうぞく》が入り一家皆殺しのうえ火を点《つ》けられた。

そして新吉の家まで延焼し、二親は焼け死に、新吉は真夜中に命からがら逃げて無事だったのである。

近くの寺に世話になった新吉は、家と二親を失い呆然《ぼうぜん》としていた。

ようやく気を取り直し、髷《まげ》も焦《こ》げていたので坊主頭にし、このまま寺に住まわせてもらえないかと頼んだが、手狭なうえ人が足りていたので叶《かな》わなかった。

やがて寺の古着と僅《わず》かな銭をもらって寺を出ると、まず口入《くちい》れ屋《や》に相談したが、やはり寄せ場など力仕事しかなく、途方に暮れて神田《かんだ》界隈《かいわい》まで歩いてきたのだった。

髪は少し伸びたがまだ髷も結えず、もらった古着もボロボロで、銭はとうになくなり、もう三日ばかり水以外口にしていなかった。

働き口を探しても、誰もが幽鬼《ゆうき》のような彼を一目見て断ってきた。

それほどやつれ果てて見え、小柄で手足も細く、何の役にも立ちそうにないと思われたのだろう。

(このまま死ぬのかな……)

新吉は荒れ果てた床に横になり、目を閉じて思った。

このまま眠りながら死ぬのも楽で良いかも知れないが、それでは何のために生まれてきたのか分からない。

やがて彼は、神か仏か分からない木の固まりに手を合わせる力もなく、そのままウトウトと眠りはじめた。

どれぐらい眠ったことだろう、ふと気配に目を開けると、そこに白い着物の女が立って、じっと新吉を見下ろしているではないか。

「あ……!」

新吉は声を上げたが、身を起こす力もない。

女は二十歳《はたち》ばかりだろうか、長い髪を結わずに垂らしているので、白い着物に鮮やかな黒髪が映えた。

美しく神々《こうごう》しく、凄味《すごみ》のある目の力があった。

庚申塚の金剛童子ではなく、何かの間違いで吉祥天女《きっしょうてんにょ》が現れたのだろうか。

もちろん若く美しい女と見つめ合うなど、生まれて初めてのことである。

すると、女の形良い唇が動いた。

「新吉」

軽やかな声だが、それは耳というより頭の中に響くようだった。

「な、なぜ私の名を……」

彼は言ったが、疲労でろくに声など出せなかったのに、女には通じたようだ。

「私は仄香《ほのか》、魔界のもの」

彼女、仄香が言う。どういう字を書くのかも、新吉の頭の中にはっきり伝わってきた。

「ほのか、まかい……?」

「そう、ここはこの世と魔界との境目。それより、新吉は死にたいの？　それなら楽にしてあげる。もし生きたいなら、助けてあげる。どっち？」

仄香がしゃがみ込み、彼の顔を覗《のぞ》き込むように迫って言った。

ほんのり白粉花《おしろいばな》のような甘い匂いが感じられた。

どうやら全体の雰囲気から、仄香がこの世のものでないことは新吉にも分かった。しかし魔界と言うからには、神ではなく魔なのだろう。

「い、生きられるものなら生きたいけれど、この弱った体では何も出来ません」

「欲や望みは？」

「三度の飯が食えて、人と同じように動ければ……」

「それから？　もっと言って」

「不自由ない程度の実入りがあったら、綺麗な嫁をもらって、柔らかな布団に寝て、平穏に生きられれば他には何も」

「そう、普通の人と同じね。それぐらい難なく出来るわ。では、生きることに決めたのなら力をあげる」

仄香は言うなり屈《かが》み込み、顔を寄せると上からピッタリと唇を重ねてきたのだった。

「ウ……」

新吉は驚いて呻《うめ》いたが、身動き出来なかった。

長い黒髪が左右からサラリと流れ、薄暗くなった内部に彼女の熱い息が籠もった。息をするたびに仄香の甘い匂いが彼の鼻腔《びこう》を湿らせ、やがてヌルッと舌が潜り込んできた。

無意識にチロチロと動かすと、温かな唾液に濡れた美女の舌が蠢《うごめ》いた。

しかも新吉は、仄香の息を嗅《か》ぎ、注がれる唾液を飲み込むたび全身に言いようのない力が湧き上がってきたのである。

風水《ふうすい》、という言葉がある。

新吉は家にある本を全て読んでいたので、唐《とう》の国の風水という考えがふと頭に浮かんだ。

本来の風水は、気脈や水脈で土地の吉凶を占うものだが、元は人にとり最も大切な空気と水のことである。

新吉は、仄香から与えられる吐息と唾液を吸収し、これが自分の命を救う風水なのだと取り留めもなく思った。

徐々に呼吸と動悸《どうき》が治まり、なおも滑《なめ》らかに蠢く仄香の舌を味わっているうちムクムクと彼自身が痛いほど突っ張ってきたではないか。

そういえば、火事に遭《あ》うまでは毎晩二度三度と手すさびをし、熱い精汁を放っていたのに、この三月ばかり一度も抜いていなかった。

確かに衝撃の体験で、そんな余裕もなかったのである。

新吉は虚弱の割に、淫気だけは旺盛《おうせい》で、店にある春画などで抜きまくっていたので、今ようやく射精したい気持ちが甦《よみがえ》ってきたようだ。

何しろ、若い美女に接するなど生まれて初めてで、まして熱烈な口吸いをしているのである。

ようやく仄香は口を離すと身を起こし、いきなり着物の裾《すそ》をめくり、スラリとした脚を付け根まで露《あら》わにしたではないか。

下には何も着けておらず、しかも彼女は仰向けの新吉の顔に跨《また》がり、厠《かわや》に入ったようにしゃがみ込んできたのである。

夜目にも白い内腿がムッチリと張り詰め、未知の陰戸《ほと》が鼻先に迫った。

股間の丘に恥毛が柔らかそうに煙り、割れ目から僅かにはみ出した花びらがネットリと蜜に潤《うるお》っていた。

そのまま陰戸が彼の鼻と口に密着すると、新吉は茂みの隅々に籠もって蒸《む》れた熱気を嗅ぎ、思わず舌を這わせていた。

生ぬるく甘ったるい汗の匂いと、ほのかなゆばりの匂いが混じって鼻腔を刺激し、柔肉を舐めると淡い酸味を含んだヌメリが感じられた。

これが淫水の味なのだろうが、この世のものでなくても汗をかいてゆばりも放ち、全く普通の人と同じようである。いや、あるいは仄香は新吉に合わせ、人と同じ姿になっているのではないだろうか。

春画の陰戸を思い浮かべながら舌を挿《さ》し入れ、息づく膣口の襞を搔き回し、舐め上げていくとコリッとしたオサネに触れた。

「アア……、そこ……」

仄香が熱く喘《あえ》ぎ、陰戸をキュッと彼の口に押しつけてきた。

魔界のものでも感じるのだろうか。あるいは人の形を取っているときは、他の女と同じように感じるのかも知れない。

新吉は神秘の美女が感じてくれるのが嬉《うれ》しく、執拗《しつよう》にオサネを舐めては、新たに漏れてくる淫水をすすった。

すると、唾液を味わった以上に絶大な力が全身に漲《みなぎ》ってくるのを感じた。

「アア、いい気持ち……」

仄香が顔を仰《の》け反《ぞ》らせて喘ぎ、自分から股間を引き離した。そして移動し、新吉の着物をめくると、袴《はかま》と下帯《したおび》を脱がせてきたのである。

締め付けから解き放たれた一物《いちもつ》が、ぶるんと急角度にそそり立った。

「嬉しい、すっかり元気に……」

仄香は言うなり屈み込み、先端の鈴口《すずぐち》をチロチロと舐め、張り詰めた亀頭にしゃぶり付いてきたのだった。

「あう……」

もう何日も洗っていないのに、と新吉は呻きながら思ったが、仄香は全く意に介さないように深々と含み、頬をすぼめて吸い付きながら何とも美味《おい》しそうに舌をからめてきたではないか。

たちまち生温かな唾液にまみれた一物は、滑らかに蠢く舌で急激に絶頂を迫らせ、彼女の口の中でヒクヒクと震えた。

二

「い、いきそう……」

新吉がすっかり高まって声を洩らすと、仄香はすぐにスポンと口を離し、身を起こして前進してきた。そして仰向けの彼の股間に跨がり、唾液に濡れた先端に濡れた割れ目を押し当ててきたのである。

口吸いをされて一物をしゃぶられ、その上このまま初めての情交までしてくれるらしい。

新吉は思いもかけない成り行きに、少しでも我慢しようと思ったのだった。

やがて仄香が息を詰め、若い一物を味わうようにゆっくりと腰を沈めてきた。

たちまち張り詰めた亀頭が呑み込まれると、あとはヌルヌルッと滑らかに根元まで嵌《は》まり込んでいった。

「アア……、いい……」

仄香が喘ぎ、ピッタリと股間を密着させて座り込んだ。

新吉も、心地よい温もりと締め付け、肉襞の摩擦と潤いに包まれて懸命に暴発を堪《こら》えた。

薄寒いお堂の中、一物のみが快適な陰戸に深々と納まったのである。

仄香は座り込んだまま帯を解き、サラリと着物を脱ぎ去った。

そして一糸《いっし》まとわぬ姿になって屈み込んでくると、彼も顔を上げて形良い膨《ふく》らみに迫った。

チュッと乳首を含み、舌で転がしながら顔中で膨らみを味わうと、

「もっと……」

仄香は熱く囁《ささや》き、新吉が強く吸い付くと、膣内の収縮と潤いが増していった。

彼は左右の乳首を交互に含んで舐め回し、さらに腋《わき》の下にも鼻を埋《うず》めると、生ぬるく湿った腋毛に甘ったるい汗の匂いが籠もっていた。

新吉は濃厚な体臭に噎《む》せ返り、胸を満たしながら膣内の一物を震わせた。

すると仄香が徐々に腰を動かしはじめ、彼も無意識にズンズンと股間を突き上げた。

「ああ、いい気持ち……」

仄香が喘ぎ、たちまち互いの動きが一致してクチュクチュと湿った摩擦音が聞こえてきた。大量に溢《あふ》れる淫水がふぐりの脇を温かく伝い流れ、彼の肛門の方まで濡らしてきた。

新吉も下から両手を回してしがみつき、無意識に両膝を立て、彼女の蠢く尻を支えながら突き上げを強めた。

仄香が再び上から唇を重ね、温かく小泡の多い唾液を注ぎながらネットリと舌をからめてきた。

彼も舌をからめて喉を潤すと、たちまち限界が迫ってきた。

すると先に仄香が口を離し、淫らに唾液の糸を引きながら、

「い、いく……。アアーッ……！」

声を上ずらせて、ガクガクと狂おしい痙攣《けいれん》を起こし、気を遣《や》ってしまったようだった。

吸い込まれるような収縮に巻き込まれると、続いて新吉も激しく昇り詰め、

「く……！」

溶けてしまいそうな快感に呻きながら、熱い大量の精汁をドクンドクンと勢いよくほとばしらせた。

「あう、もっと……」

奥深くに噴出を感じ、駄目押しの快感を得たように仄香が呻き、きつく締め上げてきた。

熱く喘ぐ口から吐き出される息は花粉のように甘い刺激と湿り気を含み、悩ましく彼の胸に沁み込んできた。

新吉は心ゆくまで快感を味わい、最後の一滴まで出し尽くしていった。

「ああ……」

すっかり満足しながら声を洩らし、徐々に突き上げを弱めていくと、

「人と交わったの、初めて……」

仄香も満足げに言い、肌の強《こわ》ばりを解いてグッタリともたれかかってきた。

まだ膣内の収縮はキュッキュッと味わうように続き、刺激された一物が中でヒクヒクと過敏に跳ね上がった。

新吉は美女の重みと温もりを受け止め、かぐわしい吐息を間近に嗅ぎながら、うっとりと快感の余韻に浸り込んでいった。

彼は全身を包む気怠《けだる》い満足感とともに、じっとしていられないような力を感じていた。

やはり仄香からもらった、匂いと体液が絶大な効果を現しているのだろう。

まさか、不幸続きだった三月の締めくくりに、こんな良いことが待っているなど夢にも思わなかったものだ。

仄香も、たまたまこの世と魔界の境目に来たとき、偶然新吉を見つけ、気まぐれに助けてくれたのかも知れない。

それにしても関ヶ原《せきがはら》から二百年も経った、寛政《かんせい》十二年（一八〇〇）の秋に、まさか魔界のものと会って情交するとは思いもよらず、新吉にとって大いなる幸運の切っ掛けとなることだろう。

ここは正に辻だから、今後の行くべき先が見通せるような気がした。

「これからは、願えば何でも叶うわ」

重なったまま、仄香が甘く囁いた。

「どうして私に……」

「私たちが作った人の世に来て、誰かに力を与えて、その成り行きを見たかったの。そして、ここで最初に会ったのが新吉だったから」

仄香が言う。

してみると、やはり魔界のものと神は同じようなものなのだろう。あやかしや狐狸妖怪《こりようかい》の類《たぐ》いとは異なり、この世と人を作り、その行く末を高みから見守っていたらしい。

そして泰平の世になり、一人の不幸な男の願いを叶え、それがどのようになってゆくか見届けるようだった。

「この世を作ったって、じゃ極楽や地獄も……？」

「ええ、あるわ。もっとも魂《たましい》が次の体に転生するまでの、少しの間。少しと言っても、地獄へ堕《お》ちたものは人にとって何億年も苦しむけど」

仄香が言い、新吉は地獄草紙や様々な絵巻物を思い浮かべた。

極楽も地獄もちゃんとあるなら、そうした知識を魔界のものがたまに人に与えていたのだろう。

「仄香様から力をもらったけど、それは薄れていくもの？」

「仄香でいいわ」

「じゃ、仄香」

「私たちに比べれば人の一生など僅かだから、何十年も消えることはないわ。もちろんたまに会って、また与えてあげる」

仄香は言うなり身を起こし、白い着物を羽織《はお》った。そして立ち上がりながら帯を結んだが、拭くまでもなく一物のヌメリは、全て吸い取られたようにすっかり乾いていた。

新吉も仰向けのまま、ノロノロと下帯と袴を調《ととの》えた。

すると、いつしか仄香の姿は見えなくなり、それを探す前に彼は再び深い眠りに落ちていったのだった……。

三

（ゆ、夢だったのか……？　いや……）

翌朝、目を覚ました新吉は思い、身を起こして周囲を見回した。

何も変わらない、木の固まりがあるお堂の中である。

もう日が昇り、遠くから五つ（午前八時頃）の鐘《かね》の音が聞こえていた。

しかし新吉の鼻腔には仄香の匂い、全身には感触が残り、しかも体が軽く力が湧いてきていた。

お堂を出ると壊れかかった扉を閉め、中に向かって手を合わせてから、新吉は神田の町の方へと向かっていった。

一文無しだが、何か仕事を見つけて働こうという意気込みが全身に満ち、足取りも実に軽く力強かった。

賑《にぎ》やかな方へと近づいていくと、一人の若い娘が包みを抱えて歩いているのが見えた。

どうやら仄香からもらった力で、遠くからでも目鼻立ちがよく見えた。
十七、八、新吉と同じか少し下ぐらいか。商家の看板娘といった風情《ふぜい》で、何か習いごとへでも行くところかも知れない。
新吉は思い切って、彼女に声を掛けようと思った。今までの彼ならとても出来ないことだが、願えば何でも叶うという仄香の言葉を思い出し、仕事の口でもないか相談したかったのである。

しかし近づくと、彼より先に三人の大男が娘を取り囲んだではないか。

「おう、綺麗な姐《ねえ》さん、少し付き合ってくれ」

声を掛けられ、娘がビクリと立ちすくんで青ざめた。周囲に人はいない。

どうやら酔った破落戸《ごろつき》らしく、朝から、というより朝まで飲んでいたようだ。

新吉は、いち早く駆け寄った。

少しも恐ろしくなく、しかも今まで読んだ本の中の、やわらや当て身術の内容が頭に甦っていたのだ。

「よしなさい、朝からみっともない」

「なにい、この餓鬼《がき》！」

迫って言うと、髭面《ひげづら》の大男が振り返り、小柄で汚い新吉を見るなり太い眉を段違いにさせて言った。

そして間合いも何もなく、いきなり男は拳骨《げんこつ》を新吉の顔に飛ばしてきたのである。

それをかいくぐって避けるなり、新吉は手首を摑《つか》んで身をひねった。

「うわ……！」

何と、大柄な破落戸は呻き、まるで竜巻《たつまき》に巻き上げられたように回転しながら宙に舞ったのだ。

「な、なにい……！」

見ていた二人が目を丸くして絶句するのと、地響きを立てて男が地に叩きつけられるのが同時だった。

「こ、こいつ……！」

もう一人が言いながら新吉に摑みかかってきたが、それも彼は難なく宙に舞わせ、一回転して叩きつけていた。相手の重さを感じず、どう避けてどう攻撃しようか何も考えず、自然に体が動いていたのだ。

「て、てめえ……」

残る一人が、懐中から匕首《あいくち》を出そうとしたが、その時、

「何やってる！」

凛《りん》とした声が響き、一人の武士が駆け寄ってきたではないか。

見れば長い髪を眉が吊るほど後ろで引っ詰め、派手な着物に袴、大小を帯びた女である。

二十歳ばかりか、濃い眉が勝ち気そうで、実に颯爽《さっそう》とした美女だった。

「千代《ちよ》様……！」

立ちすくんでいた娘が言い、男装の女丈夫《じょじょうふ》に駆け寄った。

そして女丈夫が娘を庇《かば》いながら連中を睨《にら》み付けると、破落戸は得物《えもの》を納め、よ

うよう立ち上がった二人を支えながら逃げるように去っていったのだった。

どうやら男装の美女はこの界隈では有名人らしく、恐らく見た目通り、男勝りの剣術自慢なのだろう。

「あ、有難うございました。私は小町屋《こまちや》の澄《すみ》です」

娘が、新吉に向かい深々と頭を下げて言った。

「寺男か？　私は坂上《さかがみ》道場の千代。やわらを遣《つか》うのか」

女丈夫も、油断ない眼差《まなざ》しを新吉に向けて言った。

「新吉と申します。火事で親と家を失い、仕事を探しに神田へ来ました」

新吉も二人を見ながら答えた。

すると澄と名乗った娘が、少し考え、懐中から金を出した。

「私は習いごとで昼まで家に戻りません。それまでに着物を買って湯屋へ行き、何か食事をしてから須田町《すだちょう》の小町屋へ来て下さい。必ずですよ」

可憐《かれん》な声で懸命に言い、新吉に一分銀を握らせてきたではないか。

やはり、このなりで家へ来られると、親たちに怪しまれると思ったのだろう。

千代は、そんな澄を窘《たしな》めようとしたが、結局黙っていた。

やがて澄が習いごとに向かうと、新吉は残った女丈夫に訊《き》いた。まだ千代は、彼の武術の腕が気になるようだ。

「初めて神田に来たので、湯屋や古着屋も分かりません」

「ああ、分かった。案内しよう」

言うと千代が答え、大股で歩きはじめ、新吉も従った。

「やわらはどこで」

「いえ、本を読んだだけです。思ったより動けるものですね」

「そんな莫迦《ばか》な……」

千代は眉を吊り上げ、やがて二人は賑やかな場所へ来た。

「剣術の本も読んだか」

「ええ、家が絵草紙屋でしたので」

「ならば剣術も出来よう。読んだだけでどれほど遣うか試させてくれ」

「構いませんが、先に古着屋と湯屋へ」

一向に動じていない新吉に目を見張り、千代はまず古着屋に案内してくれた。

出てきた店主は、新吉の姿を見て眉をひそめたが、すぐ千代に気づいて笑顔になった。

「この男に合う着物と帯、襦袢《ジュバン》や下帯などを見繕《みつくろ》ってくれ」

「はい、坂上様」

彼女が言うと、店主は揉《も》み手して言い、新吉の体格を見て着物や襦袢などを選んでくれた。

それを包んで金を払い、途中で草履《ぞうり》も買ってから湯屋に行った。

「四半刻（約三十分）ばかり歩いてから、またここへ来る」

「分かりました。ではのちほど」

千代が言うのに答え、新吉は湯屋へ入っていった。

捨てるばかりになった古着と下帯を脱ぎ、買った糠袋《ぬかぶくろ》で全身を擦《こす》り、髪も念入りに洗った。

そして久々にゆっくりと湯に浸かり、さっぱりして身体を拭くと、買ったばかりの下帯を着け、古着だが洗ってある襦袢と着物を着て帯を締めた。

新品の草履を履《は》いて湯屋を出ると、新吉はボロボロの古着に包んだ下帯や古草履を近くのゴミ溜めに捨て、蕎麦《そば》の屋台があったので一杯頼んだ。

ようやく人心地が付いたところで、千代がやってきた。

約束よりだいぶ早いので、やはり新吉が気になって気が急《せ》いていたのだろう。

「うん、見られる姿になったな。こっちだ」

千代は彼を見て男言葉で言い、先に立って歩きはじめた。

「二十歳を過ぎてからこのかた、私はまだ自分より強い男に会ったことがない」

大股で歩きながら、前を見つめたまま千代が言う。

確かに、新吉から見ても千代の立ち振る舞いは達人の域が感じられ、さっきの大柄な破落戸が三人がかりでも子供扱いだろう。

そうしたことが、仄香にもらった力で新吉にも読めるようになっていた。

「万々一、お前の得物が私に掠《かす》りでもしたら、何でも言うことをきいてやる。師範代《はんだい》に取り立てても良い」

話していると、千代の父親である剣術師範は、今は腰を痛めて隠居状態。だから道場は千代が師範《し》として門弟たちに稽古《けいこ》をつけているようだ。

母親はすでに亡く、千代は婿《むこ》も取らず一手に道場を引き受け、男として生きているのだろう。婿のなり手はあっても、自分より強くなければ受け入れる気はないという。

「いえ、武士になる気はないです」

「ならば願いは何だ」

「もし私が勝つようなことがあれば、情交を教えて下さい。何しろ無垢《むく》で、身が火照《ほて》って仕方がないものですから」

「なに……！」

言うと千代が振り向き、眉を険《けわ》しくさせたが、すぐにフッと笑みを洩らした。

「いいだろう。その大言壮語《たいげんそうご》、忘れるな。仕事を探していると言ったな。完膚《かんぷ》なきまでに叩きのめして、道場の下男として雇ってやる」

どうせ自分に敵《かな》うわけはないと思い、千代は余裕で答えていた。

新吉も、無垢と言ったがあながち嘘ではない。昨夜の仄香との情交は、人が相手ではなかったからだ。

そして、この千代も無垢ではないかと思った。

やがて道場に着くと、千代は彼を中に招き入れた。

門弟は御家人などが多く、稽古は昼過ぎからのようだ。

師範の父親は奥座敷で伏せっているようだが、食事や厠など、自分のことは出来るという。

礼をして、がらんとした道場に入ると、

「得物を選べ」

千代が大小を鞘《さや》ぐるみ抜いて師範席に置き、自分は袋竹刀《ふくろしない》を一振り手にした。

袋竹刀は、革や布の袋にササラになった竹が詰められ、怪我のないよう稽古に使うが、防具がないので打たれれば相当に痛いだろう。

「では、私はこれで」

新吉は、二刀の稽古に使う短い袋竹刀を手にした。得物など握ったことはないし、片手で扱う方が動きやすいと思ったのである。

「小太刀《こだち》か。いいだろう、来い」

千代は言い、礼をして対峙《たいじ》した。

青眼《せいがん》に構えて切っ先を向けると、さすがに表情が険しくなり、隙のない身構えは迫力があった。

余裕も消し飛んでいるので、全力でかかるつもりらしいのは、それだけ破落戸を宙に舞わせた新吉の技量を侮《あなど》っていないのだろう。

(獅子《しし》欺《あざむ》かざる、か……)

新吉も、右手に持った短い得物を向けながら思った。獅子は、どんなに弱い相手にも全力を尽くすという。

だが切っ先を向け合うと、千代の目に動揺が現れた。

千代は元々剣の素質に恵まれ、それがさらに過酷な修練によって高みに到達したのだが、それはあくまで人の技である。

しかし新吉から醸《かも》し出されるのは、この世のものとは思われぬ、千代が初めて相対した未知の敵であった。

それでも千代は、全身に闘志を漲らせて踏み込んできた。

四

勝負は、あっという間に終わってしまった。

「いざ！」

千代が言い、得物の物打ちで新吉の切っ先を弾き、勢いよく面を取りに来た。

そこへ新吉の出籠手《でこて》が千代の右手首を発止《はっし》と捕らえ、さらに軽くポンと面を打っていたのである。

「え……！」

千代は、ガラリと得物を落として硬直したが、

「おのれ！」

丸腰のまま激しく組み討ちしてきた。だが新吉は僅かに腰を捻《ひね》って千代を投げ

飛ばしていた。さすがに千代は一回転しながら床に足を着けて立ったが、さらに切っ先を喉元に突き付けられると、

「う……！」

そのまま気圧《けお》されて呻き、尻餅《しりもち》を突いてしまった。

「ど、どうやら、私は負けたようだな……」

千代が泣きそうな表情になって言うので、新吉は構えを解き、一礼して得物を戻した。

「大丈夫ですか」

「お、お前、何者だ。まさか素破《すっぱ》か、あるいは狐狸妖怪か。本を読んだだけで、あんなに強いわけがない……」

千代は声を震わせて言ったが、それでも素直に、新吉に支えられながら起き上がった。

「幼い頃からすばしこかっただけです」

新吉は、虚弱だった自分を思い出しながら答えた。

「と、とにかく約束だ。こっちへ」

千代は意を決して言い、道場を出て自分の部屋へ彼を案内した。

父親は、奥座敷から出ることは滅多になく、また娘の部屋に来ることはないようだった。

六畳一間、一輪挿《いちりんざ》し一つない殺風景な部屋で、それだけ剣一筋に生きていることが窺《うかが》えた。それでも、室内には甘ったるい女の匂いが立ち籠め、たちまち新吉は痛いほど股間を突っ張らせてしまった。

千代は手早く床を敷き延べ、袴の前紐《まえひも》を解きはじめた。

「実は、私もまだ無垢なのだ……」

千代が言い、新吉も帯を解いて着物を脱ぎはじめた。

「良いのですか、私が最初で」

「ああ、私に勝ったのだから、相手にとって不足はない」

千代は袴と着物を脱ぎながら、情交まで勝負のように言った。

「それに、生娘《きむすめ》といっても私はこれを使っている」

彼女は言い、箱枕の引き出しから何かを取り出して見せた。それは木で出来、男根を模《も》した張り形であった。

白無垢材で、本物の男根そっくりに作られた亀頭部分には赤黒いシミがあり、それが千代の破瓜《はか》の血であろう。

生身の男は受け付けぬと言いながら、これで自分を慰めているようだ。

だから挿入にも容赦《ようしゃ》は要らぬ、ということなのだろう。

やがて千代は、一糸まとわぬ姿になると、布団に仰向けになり神妙に身を投げ出した。

さすがに肩や腕、脚は太くて逞《たくま》しく、腹には筋肉の段々があった。

乳房は大きくはないが形良く、実に張りがありそうだ。股間の翳《かげ》りも、黒々と艶《つや》のある恥毛が密集し、今まで着物の内に籠もっていた熱気が、甘ったるい匂いを含んで揺らめいた。

新吉も全裸になり、激しい興奮に包まれながら千代に迫った。

やはり、妖《あや》しさの中にも神々しさのあった仄香と違い、生身の颯爽たる美女という感じである。

千代も、存分に、というふうに目を閉じて乳房を息づかせていた。

新吉は屈み込み、まずはチュッと乳首に吸い付いて舌で転がし、顔中で膨らみの弾力を味わいながら、もう片方にも指を這わせた。

「あう……」

千代がか細く呻き、すぐにもクネクネと身悶《みもだ》えはじめ、さらに濃厚な匂いを立ち昇らせた。

やはり全裸になると、女らしさが前面に出るのだろう。それに、張り形で自分を慰めながら、いつしか実際にするかも知れぬ情交を思っていたため、その期待も大きいようだった。

新吉は充分に味わい、もう片方の乳首も含んで念入りに舐め回した。

仄香の時は受け身に徹したが、今は千代がされるままになっているので、隅々まで味わえることが嬉しかった。

左右の乳首を存分に味わってから、新吉は千代の腕を差し上げ、腋の下に鼻を埋め込んで嗅いだ。

ジットリ湿った腋毛には、何とも甘ったるい汗の匂いが濃厚に籠もり、彼はうっとりと胸を満たした。

そして淡い汗の味のする滑らかな肌を舐め下り、引き締まった腹に移動すると臍《へそ》を探り、腰から逞しい脚を舐め下りていった。丸い膝小僧から脛《すね》に下りると、まばらな体毛があり、何とも野趣溢れる魅力が感じられた。

足首まで行くと彼は足裏に回り込み、日頃道場の床を踏みしめる大きな踵《かかと》から土踏まずを舐め、太くシッカリした指の間にも鼻を割り込ませた。

指の股は生ぬるい汗と脂《あぶら》に湿り、蒸れた匂いが濃く沁み付いていた。

新吉は美女の足の匂いに酔いしれ、爪先にしゃぶり付くと、順々に指の間にヌルッと舌を潜り込ませて味わった。

「あう、何を……」

千代がビクリと身じろいで呻いたが、拒《こば》みはしなかった。本当は、すぐにも挿入してくると思ったのだろうが、今は刺激で朦朧《もうろう》となり、何でもされるままになっていた。

新吉は両脚とも、全ての指の股の味と匂いを貪《むさぼ》り尽くし、千代を大股開きにさせて、脚の内側を舐め上げていった。

白くムッチリした内腿をたどり、熱気と湿り気の籠もる股間に迫り、彼はあらためて人の女の陰戸を見つめた。

割れ目から濡れた花びらがはみ出し、さらに指で広げると、まだ人の男を受け入れていない膣口が熱い淫水にまみれ、細かな襞を入り組ませて妖しく息づいていた。

そして包皮を押し上げるように突き立ったオサネは、何と親指ほどもある大きなものだったのだ。

この大きなオサネが、千代の力の源のような気がした。

「アア……、恥ずかしい……」

彼の熱い視線と息を感じ、千代が女らしく喘いだ。

新吉は堪《たま》らず、吸い寄せられるように顔を埋め込み、柔らかな恥毛に鼻を擦りつけ、隅々に籠もって蒸れた汗とゆばりの匂いに酔いしれた。

嗅ぎながら舌を挿し入れて膣口の襞を掻き回すと、やはりヌメリは仄香のように淡い酸味を含み、すぐにも舌の動きが滑らかになった。

そしてゆっくりと柔肉を味わい、淫水を舐め取りながら大きなオサネまで舐め上げていくと、

「アアッ……！」

千代が熱く喘ぎ、ビクッと顔を仰け反らせた。内腿でキュッときつく彼の両頰を挟み、ヒクヒクと白い下腹を波打たせた。

新吉はもがく腰を抱え込み、乳首のようにオサネに吸い付いては舌先で弾き、新たに溢れるヌメリをすすった。

さらに彼は千代の両脚を浮かせ、引き締まった尻に迫った。

谷間の奥では薄桃色の蕾《つぼみ》が、まるで枇杷《びわ》の先のようにやや突き出て収縮してい

た。年中稽古で力んでいるからこうなったのか、仄香とは違う艶《なま》めかしさが感じられた。

鼻を埋め、蒸れた匂いを嗅いでから舌を這わせ、ヌルッと潜り込ませて滑らかな粘膜を探ると、

「あう、嘘……」

千代が驚いたように呻き、キュッときつく肛門で舌先を締め付けた。ここまで舐められるなど、思いもしなかったのだろう。

新吉が舌を出し入れさせるように蠢かすと、鼻先の陰戸から白っぽく濁《にご》った淫水がヌラヌラと溢れてきた。

それを掬《すく》い取り、再び割れ目に戻ってオサネに吸い付くと、

「も、もう駄目。変になりそう……」

千代が言って身を起こし、彼の顔を股間から追い出しにかかったのだった。

新吉も素直に這い出して仰向けになると、入れ替わりに起き上がった千代が、彼の股を開かせて腹這い、股間に顔を寄せてきた。

「ああ、これが生身の男……」

千代は熱く囁き、張り形とは違う血の通った肉棒に指を這わせ、ふぐりを探っ

て睾丸《こうがん》を転がし、さらに袋をつまみ上げて肛門の方まで覗き込んだ。

そして顔を寄せ、ふぐりを舐め回してから、屹立《きつりつ》した肉棒の裏側をゆっくりと舐め上げてきたのだった。

五

「ああ、気持ちいい……」

千代の滑らかな舌に舐められ、新吉は快感に喘いだ。

彼女は先端まで舐め上げると、粘液の滲《にじ》む鈴口をチロチロとしゃぶり、張り詰めた亀頭をくわえ、そのままスッポリと喉の奥まで呑み込んでいった。

「ンン……」

千代は感極まったように熱く呻き、鼻息で恥毛をそよがせながら強く吸った。

口の中では舌がクチュクチュと満遍《まんべん》なくからみつき、たちまち彼自身は美女の温かな唾液にまみれて震えた。

このまま昇り詰め、無垢な千代の口を汚《けが》したい衝動にも駆られたが、彼女は充分に肉棒が唾液に濡れるとスポンと口を離した。

「入れたい」

顔を上げた千代が、股間から熱っぽい眼差しで言う。

勝負に負けたから情交することになったのに、上になったとたん急に自分で采《さい》配《はい》を取りはじめたようだった。

「ええ、上から跨いで入れて下さい」

新吉が仰向けのまま答えると、千代はすぐにも身を起こして前進し、彼の股間に跨がってきた。

そして片膝を突くと先端に陰戸を押し当て、指を幹に添えながら位置を定めていった。

やがて千代は初の男を味わうように息を詰め、ゆっくり腰を沈めていくと、張り詰めた亀頭がズブリと潜り込んだ。

「あう……」

千代は呻いたが、あとは潤いと重みに任せ、ヌルヌルッと一気に根元まで受け入れていったのだった。

深々と嵌め込み、ピッタリと股間を密着させて座り込むと、千代は上体を反らせたまま硬直し、感慨を噛み締めるようにキュッキュッと締め付けた。

新吉も温もりと感触を味わい、初めて人の女と一つになった感激に包まれた。

まさか自分が、武家の女と情交するなど、昨日までは夢にも思わなかったことである。

やがて千代がゆっくり身を重ねてくると、新吉も両手を回して抱き留め、膝を立てて尻を支えた。

「アア、とうとう男と一つに……」

千代が近々と顔を寄せて熱く囁き、そのまま上からピッタリと唇を重ねてきたのだ。

新吉も、密着する唇の感触と唾液の湿り気を味わい、舌を挿し入れて頑丈そうな歯並びを左右にたどった。

すると千代も歯を開き、チロチロと舌をからめながら、徐々に腰を動かしはじめた。彼も千代の息で鼻腔を湿らせながらしがみつき、合わせてズンズンと股間を突き上げると、

「ああ……、いい気持ち……！」

千代が口を離し、唾液の糸を引きながら喘いだ。

大量に溢れる淫水で互いの動きが滑らかになり、いつしか股間をぶつけ合うほ

ど激しく動くと、ピチャクチャと淫らに湿った摩擦音が聞こえてきた。

千代の吐き出す息を嗅ぐと、それは肉桂《にっけい》に似た刺激を含み、仄香とはまた違う趣《おもむき》が感じられた。

たちまち膣内は収縮と潤いが増し、そのまま新吉は激しく昇り詰め、大きな快感に貫かれてしまった。

「い、いく……！」

口走り、熱い大量の精汁をドクンドクンと勢いよくほとばしらせると、

「き、気持ちいい……。アアーッ……！」

千代も、奥深くに噴出を感じた途端に声を上ずらせ、ガクガクと狂おしく痙攣しはじめたのだった。やはり張り形は射精しないので、直撃されると同時に気を遣ってしまったようだ。

新吉は股間を突き上げながら、心ゆくまで快感を味わい、最後の一滴まで出し尽くしていった。

そして満足しながら、徐々に突き上げを弱めていくと、

「アア……」

千代も満足げに声を洩らし、肌の強ばりを解いて力を抜くと、グッタリともた

れかかってきた。

新吉は重みと温もりを受け止め、まだ息づく膣内でヒクヒクと過敏に幹を震わせた。

「あう、まだ動いてる……」

千代も敏感になったように呻き、初めて感じた血の通う肉棒をキュッキュッときつく締め上げてきた。

彼は千代の喘ぐ口に鼻を押しつけ、かぐわしく濃厚な吐息で鼻腔を満たしながら、うっとりと余韻に浸り込んでいった。

やがて互いの動きが完全に止まると、千代は彼に身体を預けながら荒い息遣いを調えた。

「とうとう、してしまった……」

彼女が呟《つぶや》く。こんな貧弱で見窄《みすぼ》らしい男に初物を与えるなど、千代自身は夢にも思っていなかったのだろう。

「でも今までは、男を知ると弱くなると思っていたが、何やらすごく力がもらえたような気がする……」

千代が言った。どうやら仄香にもらった魔界の気が、僅かながら精汁とともに彼女の中にも宿りはじめたのかも知れない。

　やがて彼女がそろそろと身を起こし、股間を引き離した。

「このまま外へ」

　千代が身を起こして言い、懐紙《かいし》で拭《ぬぐ》うのも省き、新吉も立ち上がった。

　一緒に全裸のまま部屋を出て裏から出ると、そこは井戸端だ。

　夏の間は行水できるよう周囲は葦簀《よしず》に囲まれ、垣根越しに覗かれるようなことはない。

　互いに水を汲《く》んで浴び、股間を洗い流した。

　昼の陽を浴びた逞しい肌が、水に濡れて艶めかしく、彼自身はすぐにもムクムクと回復してきてしまった。

「まだ出来るのか。でも私はもう充分」

　千代は言いつつ、手を伸ばしてニギニギと一物を愛撫してくれた。

　確かに彼女は、精根尽き果てるほどの絶頂と、今はその余韻で抜《ぬ》け殻《がら》のようになっているようだ。

「私の口に放ってみるか。何やらお前の精気を取り入れると、力が湧いてくる気がする」

千代が言い、簀《す》の子《こ》にしゃがみ込んだ。

新吉も井戸に寄りかかり、彼女の顔の前で股を開いた。

千代は顔を寄せ、両手で拝むように幹を挟むと、舌を伸ばして鈴口を舐め、スッポリと呑み込んできた。

舌をからめ、たっぷりと唾液を出しながら顔を前後させると、スポスポと何とも心地よい摩擦が繰り返された。

「ああ、いい……」

新吉は快感に喘ぎ、ジワジワと絶頂を迫らせていった。

水を浴びて冷えた全身の中で唯一、一物だけが温かく濡れた快適な美女の口に納まっているのだ。

それに武家娘の口に放って良いというのだから、なおさら快感の波が激しく押し寄せてきた。千代も夢中で、彼の股間に熱い息を籠もらせて摩擦と吸引、舌の蠢きを続けた。

「い、いく。気持ちいい……！」

たちまち新吉は昇り詰め、快感とともに口走った。

同時に、ありったけの熱い精汁がドクンドクンと勢いよくほとばしり、千代の喉の奥を直撃した。

「ク……、ンン……」

噴出を受けた千代は小さく呻いたが、噎せるようなこともなく、なおも強烈な愛撫を続行してくれた。

美女の口に射精するのは、何とも言えない禁断の快感があった。まして相手は武家である。彼は身をくねらせながら快感を嚙み締め、心置きなく最後の一滴まで出し尽くしてしまった。

「ああ……」

すっかり満足しながら彼は喘ぎ、全身の強ばりを解いていった。すると千代も動きを止め、口に溜まった精汁をゴクリと一息に飲み干してくれたのだ。

「あう……」

喉が鳴ると同時に口腔がキュッと締まり、彼は駄目押しの快感に呻いた。

ようやく千代が口を離すと、なおも指で幹を支えながら、鈴口から滲む余りの雫《しずく》までペロペロと丁寧に舐め取ってくれたのだった。

「あうう、も、もういいです。有難うございます……」

新吉はヒクヒクと過敏に幹を震わせながら、律儀に礼を言った。

やがて綺麗にすると千代が舌を引っ込め、

「ああ、また力が湧いてくる気がする……」

そう言って股間から彼を見上げ、チロリと淫らに舌なめずりした。

やがて新吉が呼吸を整えると、二人は身体を拭いて部屋に戻り、そのまま身繕いしたのだった。

第二章　小町娘の熱き好奇心

一

「では、小町屋へ案内しようか」

大小を帯びた千代が新吉に言い、二人は坂上道場を出た。

千代が一緒に来てくれるのは心強い。

そして彼女は、情交したというのに、二本差しになると今までと全く変わらぬ男言葉だった。

須田町にある小町屋は近くにあった。

女向けの小間物屋で、店には簪《かんざし》、櫛《くし》、笄《こうがい》や化粧品、端切れで作った縮緬巾着《ちりめんきんちゃく》などが置かれ、娘の客たちで賑《にぎ》わっていた。

千代もたまに立ち寄るらしく、一人娘の澄とも前からの知り合いのようだ。

「千代様は、この店で何を買うのですか」

「それは、たまには私だって櫛や小物入れなどを買うことがある」

女物を買うことが恥ずかしいのか、千代は怒ったように答えた。

そして客がはけたときに二人で店に入ると、澄の母親だろうか、三十半ば過ぎぐらいの女将《おかみ》が挨拶《あいさつ》してきた。

「まあ、坂上様、いらっしゃいませ。そちらは？」

丸髷《まるまげ》を結い、眉を剃《そ》ったお歯黒の艶《つや》っぽい女将が笑顔で千代と新吉を見て言った。色白で豊満、実に胸が豊かである。

「いや、お志津《しづ》さん、今日は客ではないのだが」

千代がそう言ったとき、ちょうど外から澄が帰ってきたのだった。

「まあ、良かったわ。おっかさん、町で私を助けてくれた人」

澄が満面の笑みで言い、志津に新吉を紹介した。

手短に説明を受けると、志津は目を丸くし、

「まあ、それではうちの人にもご挨拶させないと。どうぞ中へ」

手を引かんばかりに新吉を招いた。

「では、稽古《けいこ》があるので私は帰るが、新吉の人品《じんぴん》は私が請け合う」

千代はそう言い、一人で颯爽《さっそう》と帰っていった。

それへ一同が辞儀をして見送り、やがて新吉は座敷へ招き入れられた。

確かに、千代が一緒でなく、新吉がボロボロの姿で来たら、とても家へ入れてくれなかったことだろう。

志津と澄の母娘《おやこ》も奥へ来ると、帳場には入れ替わりに番頭が座った。

小町屋は、大店《おおだな》というほどではないが、中程度の店で、あとで聞くと裏長屋も持っているという。

主人の善兵衛《ぜんべえ》は縁側で詰め将棋をしていたが、志津から話を聞くと、すぐ座敷に来た。

店は女将の志津と看板娘の澄、そして番頭の三人だけで切り盛りしているらしい。善兵衛は家賃の実入りもあるうえ、商品は職人からの仕入れで、ここで作っているわけでもないのでのんびりと気楽に暮らし、町の寄り合いや書画会などに余念がないようだった。

「ああ、覚えていますよ。三月《みつき》前の蔵前の押し込みと火付け、そうですか、その時の……」

新吉の話を聞いた善兵衛が言うと、志津が茶を持ってきて澄も座った。

澄は笑窪《えくぼ》のある実に可憐《かれん》な娘で、新吉は最初から何かしらの縁を感じていた。

四十近いらしい善兵衛は人の良さそうな丸顔で、話しぶりも実に穏やかであった。商人というより粋人《すいじん》といった風情《ふぜい》で、商売は順調なためあとの気がかりは澄の婿《むこ》だけだというよううだ。

住んでいるのは親子三人と、市助《いちすけ》という二十半ばの番頭、あとは通いの女中がたまに来るだけらしい。

その市助が、気になるのか、何かと帳場から座敷の方を窺《うかが》っていた。

恐らく婿入りを願っているのに、澄が親しげに若い男を連れて来たので気に入らないのだろう。

「火事で火傷《やけど》はしなかったの？」

澄が小首を傾《かし》げて訊《き》いてくる。着物を替え湯屋にも行ったので、あらためて新吉の顔を熱っぽく見つめていた。

「髪が焼けて、あちこち火傷したけど、もう今は全て癒《い》えました」

「そう、でも今も仕事と住む家がないのでしょう。ね、おとっつぁん、ここに住まわせてあげて。部屋が一つ空いているのだから」

澄が、勢い込んで父親に言った。

話によると算盤《そろばん》の得意な小僧が、急な親の訃報《ふほう》で故郷へ帰ってしまい、そのまま家業を手伝うことになったのだとか。

「うん、そうだな。坂上様の知り合いなら安心だし、見かけによらずお強いなら用心棒にもいい」

善兵衛が乗り気になって言い、志津も笑顔で頷《うなず》いていた。

遠くの帳場に見える市助は聞き耳を立てているようで、その背中が強《こわ》ばっていた。

「いえ、そんな急にご迷惑でしょうから。実は坂上道場からも、住み込みで働かないかと言われているのです」

「そんな、荒っぽいところは新吉さんに似合わないわ。ね、うちでいいわね、おっかさんも」

澄が身悶《みもだ》えするように言い、ふと思い立ったように新吉を見た。

「算盤は出来るかしら」

「ええ、出来ますよ」

聞かれて、新吉は答えた。伏《ふ》せって本ばかり読んでいたが、店の帳場は手伝っていたのである。すると澄が立って部屋を出ると、やがて紙と硯《すずり》に筆、大福帳《だいふくちょう》を持ってきて彼の前に置いた。

「ここ、先月分の帳尻合わせをしてみて」

「ええ、では」

新吉は答え、左側に大福帳を開いて置き、右手で算盤を弾いた。それが、自分でも驚くほどパチパチと素早く弾けるのである。

「す、すごいわ……」

澄が息を呑み、善兵衛と志津も目を丸くしていた。それは単に慣れて上手《うま》いというより、神業《かみわざ》のように目にも止まらぬ速さなのである。

あっという間に帳尻を出し、新吉は紙に金高を書き付けた。

それを善兵衛が急いで確認し、

「あ、合ってる。字も見事だ……」

感嘆して言うと、澄は我が事のように喜色を浮かべた。

「ね、これで決まりだわ」

澄が言うと、善兵衛も志津も異存はないようだった。

「じゃ、私一緒に身の回りのものを買い物してくるわ」

澄は気が急《せ》くように立ち上がって言い、親の許しも得たので新吉も辞儀をして一緒に小町屋を出た。

「何を買おうかしら、着替えにお財布に」

澄が歩きながら浮き浮きと言う。布団や箸《はし》や茶碗、房楊枝《ふさようじ》などはあるだろうから、買うものは襦袢《ジュバン》や下帯《したおび》の替えぐらいのものである。

「そうだ、朝にもらった釣りがあるので」

「いいのよ、お財布を買うのでそこに入れておいて」

言うと澄が答え、まずは財布を買ってくれ、新吉も朝の余りの小銭を中に入れて懐中にしまった。

そして襦袢と下帯の替えを買い、あとはブラブラと須田町界隈《かいわい》を案内してもらった。

「番頭の市助さん、あれがお澄さんの婿に入るのではないの？」

新吉が訊いてみると、澄が眉をひそめた。

「前は、おとっつぁんもそのつもりだったようだけど、私は好きになれないわ。暗くて陰険そうだし、何かと変な目で私を見ているし、それに私やおっかさんが厠《かわや》から出ると、すぐあとから入ったりして」

どうやら母娘に淫気を抱き、恐らく二人の厠の残り香や、腰巻や足袋《たび》の匂いでも嗅《か》いで手すさびしているのかも知れない。

まあ男なら、そうした淫気は当たり前のことだが、算盤も遅く、字も上手くなく、ただ実直だけで長年住み込んでいるらしく、今は善兵衛も市助を婿候補から外しているようだった。

と、撃剣の音が聞こえてきた。

そう、坂上道場に通りかかったのだ。

武者窓から覗《のぞ》くと、千代が猛烈な勢いで門弟たちを打ちのめしていた。

「きょ、今日の千代様はいつになく激しいぞ」

「ああ、鬼神が乗り移ったようだ……」

壁際にへたり込んでいる門弟たちが口々に言った。どうやら新吉の体液を吸収し、魔の気を宿した千代が一層強くなり、しかも新吉に負けた鬱憤《うっぷん》を晴らしているようだ。

「すごいわ、千代様……」

覗きながら澄が感嘆して言う。

「ああ、格好いいね」

「ええ、千代様が男だったら、一緒になりたいと思っていたくらいなの」

澄が憧《あこが》れの眼差《まなざ》しで言う。

と、門弟の全てが倒れ込むと、千代がこちらを見た。

「おお、新吉、入ってくれ」

声を掛けられ、新吉は礼をして道場に入った。澄は、もちろん道場など入る気はなく、そのまま格子の隙間から見ている。

新吉が入ると、へたり込んでいる門弟たちは、何だ、この小僧は、という怪訝《けげん》な眼差しを向けていた。

二

「いま一度勝負だ。良いな」

千代が言う。

「今朝は後《おく》れを取ったが、今は気が満ちている。油断するほど未熟ではないつもりだが、朝は、お前の見かけに気を緩《ゆる》めていたかも知れぬ。さあ」

千代は活発に動き、いつにない気力にじっとしていられないようだ。

新吉も、今朝と同じ短い得物《えもの》を手にして対峙《たいじ》した。門弟たちが、荒い呼吸も忘れて見つめていた。

互いに礼を交わすと、新吉は右手に短い袋竹刀《ふくろしない》を持って前へ突き出し、左手は腰に当て半身に構えた。

千代は今朝と同じ青眼《せいがん》、さすがに気迫が段違いになっているが、それでも新吉は一向に恐ろしくはなかった。

窓からは、澄が格子を摑《つか》み息を呑んで見守っている。

「いざ」

千代が言い、今度は慎重に間合いを詰めてきた。そしていきなり、

「エーイ!」

裂帛《れっぱく》の気合いとともに踏み込み、新吉の面を打ってきた。窓の外で、思わず澄が肩をすくめるのが見えた。

新吉は、面への攻撃を左へ弾き、返す刀で胴。

「く……!」

脇腹を打たれた千代が呻《うめ》いたが、なおも突きを見舞ってきたので、新吉は左へ飛んで籠手《こて》。千代が顔をしかめ、またガラリと得物を取り落とした。

あまりのことに門弟たちは声もない。

そのまま千代が組み付くと、新吉は腰投げを打った。

また千代は一回転してヒラリと立ったが、そのまま彼の身体を摑み、引き倒してきたのだ。組み伏せられながら、新吉は濃厚に甘ったるい汗の匂いと、火のように熱い息を感じた。

一瞬にして、新吉は千代に組み付いたままゴロリと上になり、短い得物を彼女の喉に押し当てていたのだ。

「ま、参った……」

千代が声を洩らし、新吉も構えを解いて身を起こした。

「アア、悔《くや》しい！」

千代が両手で顔を覆《おお》って叫んだが、それを支え起こし、新吉は礼をして得物を戻した。門弟たちは息を呑んで声もない。

ようやく気を取り直した千代が門弟たちを見回し、

「みな、見た通りだ。世の中、上には上がある。稽古を続けるように！」

そう言って、新吉と一緒に道場を出た。

そこへ澄が駆け寄ってくる。あまりの凄《すご》さに目を潤《うる》ませ、何も言えず新吉を見つめるばかりだった。

道場の中では、門弟たちが稽古を再開したようだ。

「新吉、うちへ住み込んでくれぬか」

千代が、まだ息を弾ませて言うと、澄が心配そうに彼を見た。

「いえ、実は小町屋にお世話になることにしたのです」

彼が答えると、澄もほっとしたように肩の力を抜いた。

「左様か……。やはり、それも仕方ないな……」

やがて、千代も納得したように頷いた。やはり町人が師範代では、門弟たちの気持ちもしっくりいかないと思い直したのだろう。

「もう、天賦《てんぷ》の才あるお前に敵《かな》わぬ事は分かった。でもたまに顔を見せてくれ」

「はい、ぜひ」

言われて新吉が答えると、千代は道場に戻っていった。

新吉は澄を促し、小町屋へと歩き出した。

「恐かったけど、すごいわ。どうしてお武家相手にあんなに……」

澄が、ようやく口を開いた。

「ああ、子供の頃からすばしこかったんだ。人の倍の速さで動ければ、相手の動きも半分の遅さに見えるんだよ」

「でも、破落戸《ごろつき》の大男を投げたんだから力も……」

「あれは力じゃない。お澄さんだって、大きな臼《うす》も石と棒を使えば持ち上げられるだろう」

新吉が言うと、澄は納得したようなしないような顔で曖昧《あいまい》に頷いた。

そして小町屋へ戻ると、澄が息せき切って新吉が千代を剣術で負かしたことをまくし立て、彼は苦笑した。

「そんな、まさか千代様を……？」

「信じられないが、お澄は嘘を言う子ではない。きっと本当なのだな」

志津と善兵衛は感嘆して答え、やがて善兵衛が新吉に言った。

「あれからお志津と話し合ったのですが、やはり小僧扱いの三畳間では申し訳ない。奉公人ではなく客人として離れに住んで頂きたいのです」

「はい、それでも私に出来ることは何でもお手伝いを」

「ええ、それはこれからのことで、とにかく離れへ」

善兵衛が言い、離れへ案内してくれた。もちろん澄もついてくる。

母屋《おもや》の渡り廊下を進むと、そこに瀟洒《しょうしゃ》な離れがあった。

厠もあり、座敷は八畳。すでに新吉の使う、布団や手拭《てぬぐ》いなども揃えられていた。裏は母屋と共同の井戸があり、さらに善兵衛が大家をしている裏長屋が見えた。

どうやら先代の隠居所だったらしく、善兵衛と同じような粋人だったようで、部屋には夥《おびただ》しい書画骨董《こっとう》などが集められていた。そして自身も書画を描くのか、紙や硯なども揃っている。

「では、新吉さんは今日からここへお住まい下さいませ」

「どうか、新吉と」

「いえ、先ほど申し上げたように客人ですので」

善兵衛は笑顔で言い、

「さあ、お澄も戻りなさい。新吉さんも疲れているだろうからな」

澄を促し、父娘は離れを出て行ってしまった。

新吉は座敷に座ったが、もちろん疲れてはいないし眠くもない。

ふと、文机《ふづくえ》に硯と筆があるので、彼は紙を出し、水差しの水で墨を摺《す》って絵を描きはじめた。

字は得意だったが、絵の方は平凡だと思っていたのに、やはり仄香《ほのか》の力をもらっているせいか、スラスラと描けたのである。それは焼けた自分の家である絵草紙屋と、大家である隣の紙屋の風景であった。

いま見て描いているように、店構えの細部まで再現でき、新吉は懐かしい気持ちになった。

さらに小町屋や坂上道場の佇《たたず》まいまで、克明《こくめい》に描いてしまったのだった。

やがて日が傾くと、澄が夕餉《ゆうげ》を告げに離れに来た。

「まあ、すごいわ。いま描いたの？」

澄が、三枚の絵を見て歓声を上げた。

「おとっつぁんに見せるわ。さあ一緒に」

彼女が急き立てるように言い、新吉も絵を持って離れを出た。

母屋へ戻ると、澄が善兵衛に三枚の絵を見せた。

「こ、これをたった今、僅《わず》かな間に三枚も……？　ううん、墨一色なのに、空の青や暖簾《のれん》の藍染《あいぞ》めまで見えるようだ……」

善兵衛は世辞でなく感嘆し、志津も出てきて絵を見て驚いていた。

「この蔵前の紙屋は、私も何度か行ったことがある。そうか、このお隣の絵草紙屋だったか……。これは今度、新吉さんも書画会に顔を出してもらおう。みな驚くことだろう」

善兵衛が言い、大切に絵を箪笥《たんす》にしまった。

書画会とは文人墨客《ぶんじんぼっかく》が集《つど》い、宴会しながら学問や芸術の話題に花を咲かせ、即興で筆をふるう文化的な集まりである。

善兵衛は、先代の頃からそうした場所へ出入りしているようだった。

そして夕餉を囲み、善兵衛が新吉の盃《さかずき》に銚子《ちょうし》の酒を注いでくれた。飲む習慣がないので、ほんの舐める程度で、彼は久々に豪華な鯛《たい》の塩焼きに蛤《はまぐり》の吸い物、温かく白い飯にありつけたのだった。

市助は厨《くりや》の隅で、黙々と飯を食っていた。

食事を終えると、新吉は親子に挨拶をして離れへ引き上げた。

風呂場はあるが、やはり火事を恐れて滅多に焚《た》くことはないようだ。夏場は水浴びで済ませ、たまに湯屋へ行き、そして冬場になると数日に一度は沸かすようである。

離れは、すでに床が敷き延べられて行燈《あんどん》が点《つ》き、寝巻も用意されていた。

新吉は寝巻に着替え、柔らかな布団に仰向けになった。

「願いが叶《かな》ったようね」

と、そこへいきなり仄香が姿を現したのである。

「うわ……。ええ、おかげさまで……」

新吉は驚いて身を起こし、仄香を見た。

彼にとり全ての幸運の切っ掛けとなった魔界の美女、あらためて見ても妖《あや》しく神秘的で、やはり美しい千代や志津、可憐な澄など人とは異なる佇まいが醸《かも》し出されていた。

「まずは、人並みの暮らしに落ち着きなさい」

「ええ、そのあとは？」

「どんどん世を変えるぐらいの欲を持って、好きなように」

仄香が言う。それら新吉の行動を、上から見極めるのだろう。

「お澄が来たわ。誰にも気づかれないようにするので存分に」

と、仄香が言って姿を消すと、渡り廊下から軽い足音が聞こえてきて、そろそろと澄が顔を見せたのだった。

三

「まだ眠くないかしら？　少しお話ししたくて」

すでに寝巻姿の澄が言い、もちろん新吉は快く招き入れた。

「もう母屋は寝たのかな？」

「ええ、おとっつぁんは上機嫌でお酒を飲んだので、もう朝まで大鼾《おおいびき》だわ。おっかさんも横になればすぐ眠ってしまうし」

こっそり来たらしい澄は、離れだから母屋まで声は聞こえないだろうに、内緒話のように声を潜めて言った。

市助も少し酒を相伴《しょうばん》させられたが、万一、淫気に突き動かされて妙なことをしようとしても、ここには仄香がいるから難なく人を操《あやつ》り、すぐにも深い眠りに落ちてしまうことだろう。

つまり新吉は、ここで澄に何をしようと母屋に知られることはないのだ。

そして澄も、今朝会ったばかりの新吉に身も心も奪われ、意を決して忍んで来たに違いない。

彼は痛いほど股間を突っ張らせ、初めて接する生娘《きむすめ》に激しい淫気を抱いた。

もちろん十七、八ともなれば、今まで手習い仲間の女同士、男女の際どいことなども話し合って知識はあるに違いない。

話したいと言いつつ、澄はやや緊張気味に身を強ばらせて黙り、笑窪の浮かぶ頬を上気させていた。

「ね、こっちへ来て」

新吉が布団に座って言うと、澄もにじり寄ってモジモジと身を寄せてきた。

「触れてもいい？」

囁《ささや》くと、澄が小さくこっくりしたので、彼は両手で澄の両頬を挟んで顔を上げさせ、

「ああ、何て可愛い……」

思わず呟《つぶや》き、そのまま顔を寄せて唇を重ねてしまった。

「う……」

澄が小さく呻き、ビクリと身を強ばらせたが、拒《こば》んでいない証《あか》しのように長い睫毛《まつげ》を伏せた。桜《さくら》ん坊《ぼう》のようにぷっくりした唇の弾力と、生温かな唾液の湿り気が伝わり、新吉は感触を味わいながら、そろそろと舌を挿《さ》し入れていった。

滑《なめ》らかな歯並びを舌先で左右にたどると、澄の鼻息が熱く弾んで彼の鼻腔《びこう》を心地よく湿らせた。

ようやく澄の歯がオズオズと開かれると、彼は奥へ侵入し、生温かな唾液に濡れて蠢《うごめ》く舌を味わった。

触れ合ってしまうと、次第に澄の舌もチロチロと滑らかに動きはじめた。

執拗《しつよう》に舌をからめていると、やがて息苦しくなったように、

「アア……」

澄が遠慮がちに口を離して熱く喘《あえ》ぎ、力が抜けてグッタリと彼にもたれかかってきた。

新吉は、彼女の吐き出す湿り気ある息に酔いしれた。鼻から洩れる息はほとんど無臭だったが、口から洩れる息は桃でも食べたように甘酸っぱく可愛らしい匂いがして、うっとりと胸に沁み込んできた。

彼は激しく股間を突っ張らせて澄の帯を解き、寝巻を開きながら布団に横たえていった。

無垢《むく》な両の乳房が露《あら》わになり、それは志津のように豊かになる兆《きざ》しを見せて形良く、忙《せわ》しげに息づいていた。

新吉も手早く寝巻を脱ぎ去って全裸になると、覆いかぶさってチュッと乳首に吸い付き、舌で転がしながらもう片方を探った。

「あう……」

澄がか細く呻き、ビクリと反応した。感じるというよりも、まだくすぐったい

だけかも知れない。

顔中で生娘の膨《ふく》らみを味わい、左右の乳首を交互に含んで舐め回すと、澄は少しもじっとしていられないようにクネクネと身悶え、乱れた寝巻から甘ったるい汗の匂いを漂わせた。

恐らく湯屋に行ったのは昨日だろうから、丸一日分以上の悩ましい体臭が沁み付いているのだ。

両の乳首を存分に味わうと、彼は寝巻に潜り込み、ジットリ湿った生娘の腋《わき》の下に鼻を埋《うず》め込んでいった。和毛《にこげ》に鼻を擦《こす》りつけて嗅ぐと、何とも甘ったるく生ぬるい汗の匂いが悩ましく胸を満たした。

やはり女というのは誰も、あの男っぽい千代でさえ、自然のままで男を酔わせる匂いを発するものなのだろう。

新吉は生娘の体臭を貪《むさぼ》り、無垢な肌を舐め下りていった。

もう澄は何をされているかも分からないほど朦朧《もうろう》とし、魂《たましい》を吹き飛ばしたように身を投げ出している。

愛らしい縦長の臍《へそ》を探り、白く張りのある下腹に顔を埋め込んで弾力を味わうと、彼は腰から脚を舐め下りていった。

やはり肝心な部分は最後に取っておきたい。

脚はスベスベの舌触りで、どこも健《すこ》やかな張りを持っていた。

足裏にも舌を這わせ、縮こまった指の間に鼻を押しつけて嗅ぐと、やはりそこはジットリと汗と脂《あぶら》に湿り、蒸《む》れた匂いが濃く沁み付いていた。

新吉は生娘の足の匂いを貪り、爪先にしゃぶり付いて順々に指の股に舌を割り込ませて味わった。

「アアッ……！」

澄が喘ぎ、唾液に濡れた指でキュッと彼の舌先を挟み付けた。

新吉は両足とも味と匂いが薄れるほどしゃぶり尽くすと、いったん顔を上げ、

「うつ伏せに」

囁いて彼女に寝返りを打たせた。

彼女が完全にうつ伏せになると、新吉は再び屈《かが》み込み、両の踵《かかと》から脹《ふく》ら脛《はぎ》、汗ばんだヒカガミから太腿を舐め上げた。

大きな白桃《はくとう》のような尻の丸みをたどったが、もちろん谷間は後回しだ。

腰から滑らかな背中を舐め上げていくと淡い汗の味がし、背中はくすぐったいのか、

「あう……」

顔を伏せたまま澄が呻き、肩をすくめて悶えた。

新吉は肩まで行って髪の匂いを嗅ぎ、蒸れて湿った耳の裏側も嗅いでから舌を這わせ、再び背中を這い下りていった。

尻に戻ると彼は、うつ伏せのまま澄の股を開かせ、谷間に迫った。

行燈だけの灯りだが、仄香からもらった力で夜目が利くのかはっきり見える。

谷間にひっそり閉じられた蕾《つぼみ》は薄桃色で、何とも可憐に細かな襞を息づかせていた。

鼻を埋めると顔中に双丘が密着し、蕾に籠もる蒸れた匂いが悩ましく鼻腔を刺激してきた。

匂いにも興奮するが、新吉は女の尻に顔を埋め込んでいるというだけで暴発しそうなほどの高まりに見舞われた。

充分に嗅いでから舌を這わせ、襞を濡らしてヌルッと潜り込ませると、

「く……！」

澄が驚いたように呻くなり、反射的にキュッときつく肛門で舌先を締め付けてきた。

新吉は舌を蠢かせ、うっすらと甘苦く滑らかな粘膜を味わった。

するとが、嫌々をするように尻をくねらせ、やがて自分から再び寝返りを打ってしまった。

新吉も舌を引き離し、澄の片方の脚をくぐると、仰向けになった生娘の股間に迫っていった。

白くムッチリと張りのある内腿を舌でたどり、生娘の陰戸《ほと》に目を凝《こ》らした。

ぷっくりした丘には楚々《そそ》とした若草が、羞じらうようにほんのひとつまみほど煙り、割れ目からはみ出す小ぶりの花びらを指で広げると、無垢な膣口が濡れて息づいていた。

包皮の下からは小粒のオサネが顔を覗かせ、

「アア……」

最も恥ずかしい部分に彼の視線を感じた澄が熱く喘いだ。

清らかな眺めに堪《たま》らず、新吉は生娘の股間に顔を埋め込んでいった。

柔らかな若草に鼻を擦りつけて嗅ぐと、やはり蒸れた汗とゆばりの匂いが沁み付き、悩ましく鼻腔を掻き回してきた。

彼は匂いを貪りながら舌を這わせ、無垢な膣口に入り組む襞をクチュクチュと掻き回した。

やはりヌメリは、仄香や千代のように淡い酸味を含み、すぐにも舌の動きがヌラヌラと滑らかになった。これだけ濡れているのだから、澄も心地よいのだろうと思うと嬉《うれ》しく、愛撫にも熱が入った。

柔肉を味わいながら小粒のオサネまで舐め上げていくと、

「あう……!」

澄が呻き、キュッと内腿で彼の顔を挟み付けてきた。チロチロとオサネを舐めると、蜜汁の量が格段に増してきたのだった。

四

「ああ……。い、いい気持ち……」

新吉が執拗に舐めているうち、澄が喘いで口走った。

やはり生娘でも、千代の張り形ほどではないにしろ、自分でオサネをいじって快感を得るぐらいのことはしているのだろう。

すでにヒクヒクと腰が震えているので、小さく気を遣《や》りはじめているのかも知れない。

今なら破瓜《はか》の痛みも多少は和らぐかも知れず、やがて新吉は舌を引っ込めて身を起こし、股間を進めていった。

急角度にそそり立った幹に指を添えて下向きにさせ、先端を濡れた割れ目に擦りつけ、ヌメリを与えながら位置を定めていった。

すると澄も、いよいよその時だと覚悟を決めたように、じっと息を詰めた。

やがて充分に一物《いちもつ》が潤《うるお》うと、新吉はゆっくり挿入して初物を味わった。

張り詰めた亀頭が潜り込むと、

「アァッ……！」

澄が声を上げた。

本当に、離れに住まいを与えられて良かった。母屋の三畳間だったら、近くに寝ている市助に聞かれていたことだろう。

先端が入ると、あとは潤いが充分なので、ヌルヌルッと難なく根元まで挿入することが出来た。

さすがにきつく、中は燃えるように熱かった。

新吉は生娘を女にした感激に浸りながら股間を密着させ、温もりと感触の中で身を重ねていった。

すると澄も、支えを求めるように下から両手を回してしがみついてきた。

「大丈夫？」

囁くと、涙を溜めた澄が健気《けなげ》にこっくりした。

新吉はのしかかり、彼女の肩に腕を回し、肌の前面を密着させた。

胸の下では乳房が押し潰《つぶ》されて心地よく弾み、恥毛が擦れ合い、コリコリする恥骨の膨らみも伝わってきた。

上から唇を重ねて舌を挿し入れると、澄がチュッと舌に吸い付いてきた。

間近に迫る可憐な顔を見つめ、彼は様子を見ながら徐々に腰を動かしはじめた。

そろそろと引いてはズンと突き入れ、それを繰り返すうち、次第に彼女も破瓜の痛みが麻痺《まひ》してきたようだ。それに何より潤いが豊富なので、すぐにも律動が滑らかになり、クチュクチュと湿った摩擦音も聞こえてきた。

「アア……」

澄が口を離し、顔を仰《の》け反《ぞ》らせて喘いだ。

吐息の甘酸っぱい匂いが、さっきより濃厚になっているのは、喘ぎ続けて口の中が渇き気味だからか。

新吉はかぐわしい果実臭で鼻腔を刺激されながら、腰の動きを続けた。

最初は様子見で動きはじめたのだが、あまりの快感に腰が止まらなくなってしまったのだ。

上下に締まる膣内は実に心地よく、まるで歯のない口に含まれて舌鼓《したつづみ》でも打たれ、吸い込まれていくようだ。

さらに新吉は澄の喘ぐ口に鼻を押し込み、濃厚に甘酸っぱい芳香の吐息を嗅ぎながら、いつしか股間をぶつけるように激しく動き、たちまち昇り詰めてしまったのだった。

「く……！」

大きな快感に呻きながら、彼が熱い大量の精汁をドクンドクンと勢いよく注入すると、

「い、いい気持ち……。アアーッ……！」

噴出を感じた澄も声を上げ、ガクガクと狂おしく股間を跳ね上げはじめたのだった。どうやら、初回から気を遣ってしまったらしい。

春本《しゅんぽん》には稀《まれ》に、最初の挿入から大きな快楽が得られる女がいると書かれていたが、澄がそうなのだった。

いや、これは新吉の精汁に籠もる絶大な気によるもので、彼の快感が澄に伝わったのかも知れない。

とにかく彼は肉襞の摩擦と締め付けの中で快感を味わい、心置きなく最後の一滴まで出し尽くしていった。

「ああ……」

新吉は満足して声を洩らし、徐々に動きを弱めて力を抜いていった。

澄もいつしかグッタリと身を投げ出し、なおも膣内は味わうようにキュッキュッと収縮が繰り返されていた。刺激されると、中で過敏になった一物がヒクヒクと震えた。

そして彼は、澄の熱くかぐわしい吐息を間近に嗅いで胸を満たしながら、うっとりと余韻を味わったのだった。

「大丈夫？　痛かったでしょう」

「ええ、最初は……。でも今は、すごく気持ちいいわ。身体が宙に舞うように。これが、情交することなのね……」

囁くと、澄が息を弾ませて答えた。後悔の様子はないので新吉は安心し、痛みより快感が大きかったようで彼も嬉しかった。

やがて呼吸を整えると、あまり長く乗っていても重たいだろうと、新吉はそろそろと身を起こし、懐紙《かいし》を手にして股間を引き離していった。

手早く一物を拭いながら、生娘でなくなったばかりの陰戸に目を遣ると、花びらがめくれて膣口から精汁が逆流しているが、まだ快感に息づいているようで痛々しい印象はなかった。

そして精汁にはうっすらと鮮血が混じっていたが、実に少量で、すでに止まっているようだった。

彼はそっと陰戸に懐紙を当て、優しく拭ってやると、

「井戸で洗いましょう」

澄が身を起こして言った。静かに水を汲《く》んで股間を流せば、音に気づかれることもないだろう。

新吉も立ち上がり、二人全裸のまま部屋を出ようとすると、

「これは捨てておきますね」

互いの股間を拭った懐紙を丸め、澄が持って言った。

さすがに生娘でなくなった途端、細かな気遣《きづか》いが湧くようだ。確かに離れの屑《くず》籠《かご》に捨てたら、いつか掃除に来た志津に知れてしまうかも知れない。

裏口から井戸端に出ると、空には満月が浮かんでいた。

ここも葦簀《よしず》が立てられているし、夜なので誰かに見られることもないだろう。

新吉はそっと水を汲み、互いの股間を静かに洗い流した。

もちろん彼は、月光を浴びた小町娘の肌に、すぐにもムクムクと回復してしまった。

「ね、ここに立って」

彼は簀《す》の子《こ》に座り込み、澄を目の前に立たせた。そして彼女の脚を浮かせて井戸のふちに乗せると、開いた股間に顔を埋め込んだ。

大部分の匂いは薄れてしまったが、舐めると新たな蜜汁が湧き出し、舌の動きが滑らかになった。

「あう……。恥ずかしいけど、いい気持ち……」

澄が呻き、下腹をヒクつかせて言った。

「ゆばりを出して」

「え……？　どうして、そんな……」

「どうしても、出るところを見てみたいから。少しでいいので」

新吉は言いながら彼女の腰を抱え、執拗に陰戸を舐め回した。

「あう、本当に出ちゃいそう……。いいのね……」

尿意が高まってきたように、澄が声を震わせて言った。あるいは彼が望むように、仄香が操っているのかも知れない。

新吉は返事の代わりに吸い付き、割れ目内部を舌で掻き回した。するとと、味わいと温もりが変化し、奥の柔肉が盛り上がるように蠢いた。

「で、出ちゃう……。アア……」

澄が言うなり、チョロッと熱い流れがほとばしり、彼の舌を濡らしてきた。慌てて止めようとしたが、いったん放たれた流れは治まらず、さらに勢いを増してチョロチョロと注がれてきた。

新吉は口に受け、清らかな流れで喉を潤した。

味も匂いも淡く、薄めた桜湯のように心地よく飲み込むことが出来た。勢いが増すと口から溢《あふ》れた分が肌を心地よく伝い流れ、すっかり回復した一物が温かく浸された。

やがて勢いが衰えると、間もなく流れは治まってしまった。

新吉は残り香の中で余りの雫《しずく》をすすり、割れ目内部を舐め回した。すると新たな蜜汁が湧き出し、たちまち淡い酸味のヌメリが満ちていった。

「ああ、もう駄目……」

感じすぎたように澄が言い、脚を下ろしてしゃがみ込んでしまった。

そしてもう一度互いに水を浴びてから身体を拭き、また離れの布団へと戻っていった。

もちろん新吉は、もう一回射精しないと治まらなくなっていたのだった。

五

「こうして、指で可愛がって……」

新吉は言い、添い寝した澄の手を握って一物に導いた。

すると澄も、汗ばんで生温かな掌《てのひら》に、やんわりと肉棒を包み込み、探るようにニギニギと動かしてくれたのだ。

「ああ、気持ちいい……」

「こんな動きでいいですか……」

「うん、動かしながら、唾《つば》を飲ませて……」

言って顔を引き寄せると、

「何でも飲みたがるんですね」

澄がクスッと笑って言った。ゆばりを飲んだことを言っているのだろう。

この分では、何を頼んでも澄はしてくれそうで、期待に彼自身は最大限に膨張していった。

澄は指の愛撫を続けながら、懸命に唾液を分泌させて口に溜め、愛らしい唇をすぼめて迫ってきた。そして白っぽく小泡の多い唾液を、トロトロと彼の口に吐き出してくれたのだ。

舌に受けて味わい、彼はうっとりと喉を潤した。

さらに彼女の顔を引き寄せ、開いた口に鼻を押し込んで、甘酸っぱい濃厚な息で胸を満たした。

「ああ、なんていい匂い……」

酔いしれて言うと、澄が羞じらうように息を弾ませた。たまに指の動きが止まり、せがむように幹をヒクつかせると、すぐにまた彼女もニギニギと動かしてくれた。

そして新吉は小町娘の唾液と吐息をもらいながら、指の愛撫でジワジワと絶頂を迫らせていった。

やはり、自分でする手すさびとはわけが違う。

自分は感じるツボを知っているが、むしろ澄のぎこちない動きの方が心地よかった。時に予想も付かない動きをすることがあるし、思いがけない部分が感じたりするのだ。

このまま、彼女の息の匂いと指の刺激で果てたい気がしてきた。

いかに初回から気を遣ったとはいえ、立て続けの挿入は酷《こく》だろう。

いや、出来れば指よりも口でしてほしいと思った。

すると、澄が彼のそんな気持ちを読み取ったように言ってくれたのだ。

「ね、近くで見てもいいですか」

新吉が頷くと、すぐにも澄は身を起こして移動し、大股開きになった真ん中に腹這いになり、股間に顔を寄せてきた。

そして屹立《きつりつ》して震える肉棒を見て息を呑み、

「こんな大きなのが入ったのね……」

言って幹を撫《な》で、ふぐりにも指を這わせてきた。

「これ、お手玉みたい……」

袋を手で包み込み、コリコリと睾丸《こうがん》を転がして言った。

さらに彼女は新吉の両脚を浮かせ、尻の谷間に顔を寄せてきたのである。

「私、ちゃんと綺麗にしていたかしら……」

水で洗ったばかりの彼の肛門を見て、急に心配になったように澄が言った。

それでも彼女は舌先でチロチロと肛門を舐め、自分がされたようにヌルッと潜り込ませてくれた。

「あう、気持ちいい……」

新吉は快感に呻き、モグモグと澄の舌先を肛門で締め付けた。

澄が熱い鼻息でふぐりをくすぐりながら、中で舌を蠢かせると、内側から刺激されるように勃起した一物がヒクヒクと上下した。

あまり長く舐めてもらうのも申し訳ないので、彼が脚を下ろすと澄も自然に舌を離し、鼻先にあるふぐりを舐め回してくれた。

舌で睾丸を転がし、熱い息を股間に籠もらせて袋全体を温かな唾液にまみれさせた。

さらにせがむように幹をヒクつかせると、いよいよ澄も前進し、肉棒の裏側をゆっくり舐め上げてきた。滑らかな舌が先端に来ると、粘液が滲《にじ》んでいるのも厭《いと》わず、チロチロと鈴口《すずぐち》を舐め回してくれた。

そして張り詰めた亀頭にしゃぶり付いてきたので、

「ふ、深く入れて……」

新吉が言うと、彼女も小さな口を精一杯丸く開いて呑み込み、そのままスッポリと喉の奥まで含んでくれた。

熱い鼻息で恥毛をくすぐりながら、幹を締め付けて吸い、口の中ではクチュクチュと舌を蠢かせた。

「アア……」

新吉は快感に喘ぎ、股間を見ると小町娘が無邪気《むじゃき》に一物をしゃぶり、笑窪の浮かぶ頬をすぼめて夢中で吸っていた。

快感に任せ、ズンズンと小刻みに股間を突き上げると、

「ンン……」

喉の奥を突かれた澄が小さく呻き、自分も顔を小刻みに上下させ、スポスポと摩擦してくれた。

下向きのため唾液が溢れ、彼のふぐりの脇を温かく伝い流れた。

たまに歯が当たるのも新鮮な刺激で、彼は急激に絶頂を迫らせた。

「出ちゃうよ、いい……？」

高まりながら言うと、澄は返事の代わりに摩擦と吸引を強めてくれた。

どうやら彼女も、挿入より口に受ける方が良いらしい。また気を遣ってしまうと、朝に起きられるかどうか心配なのだろう。

澄の口を汚《けが》しても良いのだと決めた途端、たちまち新吉は大きな絶頂の快感に激しく全身を貫かれていた。

「い、いく。気持ちいい……！」

口走りながら、ありったけの熱い精汁をドクンドクンと勢いよく清らかな口の中にほとばしらせてしまった。

「ク……」

喉の奥を直撃された澄は小さく呻いたが、なおも摩擦と舌の蠢きを続行してくれた。

「アア……、いい……」

新吉は快感に身悶え、清らかなものを汚すという禁断の思いの中で喘ぎ、最後の一滴まで出し尽くしてしまった。

すっかり満足しながら徐々に突き上げを弱め、グッタリと身を投げ出すと、澄も動きを止めた。

そして彼女は亀頭を含んだまま、口に溜まった精汁をコクンと一息に飲み干してくれたのだ。嚥下《えんか》とともに、キュッと締まる口腔の刺激で駄目押しの快感を得た新吉は、生きた子種が小町娘の胃の腑《ふ》で消化され、栄養になることに限りない悦《よろこ》びを得たのだった。

やはり澄も飲むのは嫌ではなく、千代のように力を得る心地がするのだろう。

ようやく澄がチュパッと軽やかな音を立てて口を離すと、なおも幹をニギニギしながら、鈴口に膨らむ白濁《はくだく》の雫まで、チロチロと丁寧に舐め取ってくれたのだった。

「あうう、も、もういい……」

新吉は腰をよじって呻き、ヒクヒクと過敏に幹を震わせた。

澄も舌を引っ込めると添い寝してきて、彼の呼吸が整うまで優しく胸に抱いてくれた。

余韻の中で澄の吐息を嗅いだが、特に精汁の生臭さはなく、さっきと同じ可愛らしく甘酸っぱい果実臭がしていた。

やがて新吉の呼吸が整うと、澄はそっと身を起こして手早く着物を着た。

「じゃお部屋に戻りますね。ゆっくり休んで下さい」

「ああ、また明日。おやすみなさい」

新吉が答えると、彼女は行燈の火を吹き消し、静かに離れを出ていった。

彼も寝巻を着て、あらためて柔らかな布団に大の字になった。

(朝から、色々な事がありすぎたなあ……)

新吉は思い、食事と寝床と情交を体験して感無量だった。

全ては、仄香との出会いが始まりだったのだ。

仄香と情交して力をもらい、昼前には千代と情交し、豪華な夕食のあとには生娘の澄を存分に味わったのである。

これ以上、もう何の望みもないほどの満足感であった。

力が宿っているので、まだ何度でも射精出来そうだが、もう今夜は仄香も姿を現さなかった。

そして、やはり力をもらう以前の疲労も極限に達していたのだろう、間もなく新吉は深い眠りに落ちていったのだった……。

——翌朝、明け六つ(夜明け頃)に新吉は目を覚ました。

起きて着替え、厠を済ませると母屋へと行った。

すでに朝餉の仕度の物音がし、みな起きているようだ。

「おはようございます」

新吉が家族たちに挨拶すると、今日は店は休みで、先代の一周忌《いっしゅうき》の法要があるということだ。

市助も明日まで、千住《せんじゅ》にある小間物屋の実家へ帰るらしい。

結局、干物と味噌汁の朝餉を済ませると、みな出払い、新吉は一人で留守番することになったのだった。

第三章　熟れ肌に魅《み》せられて

一

「あの番頭は、今に何かしでかすわよ」

新吉が小町屋で留守番していると、仄香《ほのか》が姿を現して言った。

午前中、彼は絵を描いたり、先代の残した書物を読んで過ごしていた。

澄の部屋も覗《のぞ》いてしまったが、実に娘らしい小物が集められ、掃除も行き届いていた。

枕の匂いでも嗅《か》いで抜きたくなったが、何しろ生身の本人と懇《ねんご》ろになっているのだから、今となっては手すさびなど勿体《もったい》ない。

「ええ、分かってます。どうも大福帳をごまかして、たまに遊びに出ているようですから」

新吉は答え、妖《あや》しく美しい仄香にムラムラと淫気を催《もよお》した。

どうせ一日中留守番だろうし、万一誰かが来ても仄香の姿は新吉以外には見えないのだ。

彼は、全ての幸運の切っ掛けとなった仄香ににじり寄ったが、

「間もなく、女将《おかみ》が帰ってくるわ。じゃ私はこれで」

彼女は答え、すぐに姿を消してしまったのである。

残念に思ったが、本当に間もなく母屋《おもや》の入り口が開いて志津が帰ってきたではないか。

離れから母屋に行って出迎えると、

「一人でつまらなかったでしょう」

志津が言い、昼飯用に折詰めを持ってきてくれた。そういえば、もう昼近くなっている。

「法要の方は？」

「ええ、無事に済んだけど、宴席になるとみんながうちの人とお澄を離さないので、私だけ帰ってきたの」

訊《き》くと、志津は湯を沸かし、茶を淹《い》れながら言った。

新吉も座り、折詰めを開いた。

先代は商家の集まりでも人気があったらしく、多くの店主も法要に参加して賑《にぎ》やかに宴会を開いているようだ。

では、善兵衛と澄の帰宅は夕刻あたりだろう。

「お澄も帰りたがったけど、みんなは婿取《むこと》りの話で夢中だわ。うちの人も、もうすっかり新吉さんに決めているみたい」

志津が言う。

今日の朝、もちろん澄は昨夜新吉と懇ろになったことなどおくびにも出さなかったし、二親も気づいていないだろう。

普段通りにしている澄を見て新吉は、やはり女というのはこちらが思っている以上に強《したた》かなのだなと思ったものだった。

「そんな、みなしごの私など……」

「ううん、新吉さんは何でも出来るし、うちの人もお澄もすっかり気に入っているわ。もちろん私も」

志津も言いながら座り、二人で折詰めを摘《つま》んだ。

「ね、まだ会ったばかりだけど、本気で考えてくれないかしら」

志津が熱っぽい眼差《まなざ》しで言う。

彼女があまり食べないので、新吉はほとんど一人で折詰めを空にし、やがて二人で茶を飲んだ。

もちろん新吉も、ここへの婿入りは願ってもないことである。

「ええ、急なお話ですが、私のようなものでも構わないのでしたら、喜んでお受けいたします。でも二親を亡くしてまだ三月《みつき》なので、祝言《しゅうげん》まで少し気持ちを落ち着かせて下さい」

「それはもちろん、急がせるつもりはないので」

志津は言い、新吉の二親の葬儀のことなど訊いてきたので、彼も世話になった寺でささやかに弔《とむら》ってもらったことなどを話した。

「そう、大変だったわね……」

志津は言い、彼に淫気でも催したように甘ったるい匂いを漂わせた。

二人きりだし、あるいは新吉の淫気が彼女に伝わったのかも知れない。

何しろ、願えば何でも叶《かな》う成り行きになってしまうのだ。

「ただ、私はまだ、女というものを知りません」

新吉は、無垢《むく》を装って誘いを掛けた。

「誰にも内緒で、お志津さんが教えてくれると嬉《うれ》しいのですが」

「まあ……」

彼女は驚いたように言って身じろいだが、さらに甘い匂いが揺らめき、たちまちその気になってくれたようである。

「確かに、お澄もお転婆《てんば》なところはあるけど、そっちの方はまだだろうし、互いに何も知らないのでは上手《うま》くいかないかも知れないわね……」

志津は言い、しかも店が休みで家に二人きりのことなど滅多にないと思ったか決断は早かった。

「来て」

彼女は茶を飲み干し、空の折詰めを片付けながら立ち上がった。

新吉も一緒に座敷を出ると、志津は自分の寝間に彼を招き入れた。

そして手早く床を敷き延べると、ためらいなく帯を解きはじめたのだ。

「さあ、教えてあげるから脱いで」

やや緊張気味に声を震わせて言ったが、それ以上に絶大な淫気に見舞われているようだ。実際、もう澄は大きいし、善兵衛も寄り合いに余念がなく、帰宅すれば酔って寝るだけだから、ここのところすっかり夫婦の営みは疎《うと》くなっているのだろう。

新吉も帯を解き、手早く全裸になっていった。

もちろん一物《いちもつ》は、期待と興奮で最大限に屹立《きつりつ》している。

彼にとって志津は、知り合った女たちの中で最年長の新造《しんぞう》である。

もっとも仄香は何百歳か分からないが、見た目は二十歳《はたち》ぐらいなので、新吉にすれば志津が最も熟れた女なのだった。

先に布団に横たわって待つと、すぐに志津も白く豊満な熟れ肌を露《あら》わにして、一糸《いっし》まとわぬ姿で添い寝してきた。

「ああ、こんなにドキドキするの初めてだわ……」

志津が囁《ささや》き、実際まだ触れていないのに熱く息を弾ませていた。

新吉は甘えるように腕枕してもらい、柔肌と甘い匂いに包まれた。

「なんて、可愛い……」

義母になるかも知れない志津が感極まったように言い、彼を抱きすくめて伸びはじめている髪を撫《な》で回した。

新吉の目の前には、何とも豊かな乳房が息づき、堪《たま》らず彼はチュッと乳首に吸い付き、舌で転がしながら顔中で膨《ふく》らみを味わった。

「アア……」

志津が熱く喘《あえ》ぎ、ビクリと熟れ肌を強《こわ》ばらせた。

新吉は夢中で吸い付きながら、もう片方を探ると、いつしか志津も仰向けの受け身体勢になっていった。

彼はのしかかり、左右の乳首を交互に含んで舐め回し、さらに彼女の腋《わき》の下にも鼻を埋《うず》め込んでいった。色っぽい腋毛は生ぬるく湿り、彼は濃厚に甘ったるい汗の匂いに噎《む》せ返った。

充分に胸を満たしてから、新吉は白く滑《なめ》らかな熟れ肌を舐め下りていった。形良い臍《へそ》を舐め、弾力ある下腹に顔を押しつけて感触を味わい、さらに豊満な腰から脚を舌でたどった。

志津も、教えてあげるという立場だったのに、すっかり朦朧《もうろう》として身を投げ出し、何をされても分からないほどになっていた。

まばらな体毛のある脛《すね》を舐め下り、足裏にも舌を這わせ、形良く揃った足指にも鼻を押しつけて嗅いだ。

やはり朝から動き回っていたから、そこは汗と脂《あぶら》にジットリ湿り、生ぬるく蒸《む》れた匂いが濃く沁み付いて鼻腔《びこう》が刺激された。新吉は充分に嗅いでから爪先にしやぶり付き、指の股に舌を割り込ませて味わった。

「あう、何してるの……」

志津が呻《うめ》き、指で舌を挟み付けてきた。それでも拒《こば》むことはなく、彼は両足とも全ての味と匂いを貪《むさぼ》り尽くしてしまった。

やがて彼女の股を開かせ、新吉は脚の内側を舐め上げていった。

白い内腿は何とも太くムッチリと量感があり、陰戸《ほと》に迫ると悩ましい匂いを含んだ熱気が籠もっていた。

目を凝《こ》らすと、ふっくらした丘には黒々と艶《つや》のある恥毛が密集し、下の方は溢《あふ》れる淫水で筆の穂先のようにまとまっていた。

はみ出した陰唇を指で広げると、かつて澄が生まれ出てきた膣口が、白っぽい粘液に濡れて妖しく息づいていた。

オサネは小指の先ほどで、ツンと突き立って光沢を放ち、もう堪らずに新吉は顔を埋め込んでいった。

「あう……」

志津が驚いたように呻き、内腿でキュッと彼の顔を挟み付けてきた。

新吉は柔らかな茂みに鼻を擦《こす》りつけ、隅々に籠もって蒸れた汗とゆばりの匂いを貪り、舌を挿《さ》し入れていった。

匂いに酔いしれて膣口の襞をクチュクチュ掻き回し、味わいながらゆっくりオサネまで舐め上げていくと、

「アア……。い、いい気持ち……」

志津がビクッと顔を仰《の》け反《ぞ》らせ、内腿に力を込めながら熱く喘いだ。

新吉はチロチロと舌先で弾くようにオサネを刺激しては、たちまち大洪水になってゆくヌメリをすすった。

二

陰戸を充分に味わうと、さらに新吉は志津の両脚を浮かせ、何とも豊満な尻に迫っていった。

谷間の奥には薄桃色の可憐《かれん》なおちょぼ口がヒクヒクと収縮し、鼻を埋めると豊満な双丘が顔中に密着した。

秘めやかに蒸れた匂いを嗅いでから舌を這わせ、ヌルッと潜り込ませて滑らかな粘膜を探ると、微《かす》かに甘苦い味わいが感じられた。

「あう、駄目……」

我を失いながらも志津が呻き、キュッときつく肛門で舌先を締め付け、浮かせた脚を震わせた。

新吉が舌を出し入れさせるように蠢《うごめ》かせると、鼻先の割れ目からはトロトロと白っぽい淫水が溢れてきた。

ようやく脚を下ろし、垂れる雫《しずく》をすすりながら再びオサネに吸い付くと、

「も、もう止《や》めて……。お願い、入れて……」

志津がせがみ、新吉もここらで一度射精したいと思い、身を起こしていった。

どうせ一度では済まないのだし、夕刻まで二人きりなのである。

彼は股間を進め、先端を濡れた陰戸に擦りつけながら位置を探った。

「そう、そこ。来て……」

ようやく教えることを思い出したように志津が言い、僅《わず》かに腰を浮かせて誘導してくれた。

新吉も本手《ほんて》（正常位）で張り詰めた亀頭を潜り込ませ、そのままヌルヌルッと根元まで挿入していった。

「アア……、奥まで届くわ……」

志津が身を弓なりに反らせて喘ぎ、若い一物をキュッと締め付けて味わった。

彼も、熱く濡れた肉襞の摩擦と温もりに包まれ、股間を密着させて身を重ねていった。

すると志津も下から両手を回して抱き留め、待ち切れないようにズンズンと股間を突き上げはじめたのだ。新吉も合わせて腰を動かしながら、上からピッタリと唇を重ねていった。

「ンンッ……」

志津が熱く呻き、彼が潜り込ませた舌にチュッと吸い付いてきた。

彼も、熱い息で鼻腔を湿らせながら舌をからめ、次第に律動を強めていった。

子を産んでいても締め付けはきつく、実に心地よかった。胸の下では豊乳が押し潰《つぶ》れて弾み、彼女が激しく腰を突き上げるたび、小柄な彼の全身が肉布団の上でユサユサと揺れた。

「アア。い、いきそう……」

志津が口を離し、淫らに唾液の糸を引いて喘いだ。確かに膣内の収縮と潤《うるお》いが活発になり、彼もジワジワと絶頂を迫らせた。

喘ぐ口から光沢あるお歯黒の歯並びが覗き、かえって歯茎や舌の桃色が艶《なま》めかしく際立った。

湿り気ある熱い吐息は白粉《おしろい》のような甘さを含み、それにお歯黒の金臭い匂いも混じって悩ましく鼻腔が刺激された。

「い、いっちゃう……。なんていい……。アアーッ……！」

たちまち志津が声を上げ、彼を乗せたままガクガクと狂おしい痙攣《けいれん》を開始し、本格的に気を遣《や》ってしまった。

腰が跳ね上がるたび、彼は暴れ馬に乗った心地で、懸命に抜けないよう股間を合わせて動き続けた。

そして色っぽい新造のかぐわしい口に鼻を押し込み、熱い息を嗅ぎながら、彼も続いて昇り詰めていった。

「く……！」

新吉は快感に呻き、熱い大量の精汁をドクンドクンと勢いよく注入した。

「あう、感じるわ。もっと……！」

噴出を受け、駄目押しの快感に志津が呻き、飲み込むようにキュッキュッと締め付けてきた。

新吉は心ゆくまで快感を味わい、最後の一滴まで出し尽くしていった。

満足しながら徐々に力を抜いていくと、

「ああ……、こんなに良かったの初めて……」

志津も熟れ肌の硬直を解きながら、満足げに声を洩らし、グッタリと身を投げ出していった。

身体を預けると、重なった肌から彼女の忙《せわ》しげな鼓動《こどう》が伝わってきた。

まだ膣内は名残惜《なごりお》しげな収縮が繰り返され、中でヒクヒクと一物が過敏に跳ね上がった。

「あうう、もう堪忍《かんにん》……」

志津も感じすぎるように呻き、キュッときつく締め付けて幹の震えを抑えた。

新吉は彼女の甘い刺激の吐息を間近に嗅ぎながら、うっとりと余韻を噛み締めて呼吸を整えた。

「教えることとなんか、何もなかったわ……」

志津は、荒い息遣《いきづか》いを繰り返しながら言った。

もちろん後悔の様子はなく、むしろ夕刻までもう一度したいような気持ちが、密着した肌から伝わってきていた。

「さ、井戸端へ行きましょう……」

彼女が言うと、新吉も身を起こして股間を引き離した。

そして志津を支え起こすと、二人は全裸のまま裏の井戸端に行った。

水を汲《く》んで身体を流すと、ようやく志津もほっとしたようだった。

新吉は簀《す》の子《こ》に腰を下ろし、目の前に志津を立たせた。そう昨夜、澄にしたのと同じことを求めたのだ。

「ゆばりを出して下さい」

「まあ、どうして……」

「女がどのように出すのか見てみたいので」

彼は言いながら、志津の片方の足を浮かせて井戸のふちに乗せた。

昨夜、澄が同じようなことをしたと知ったら、志津はいったいどんな顔をすることだろうか。

開いた股間に鼻と口を埋め込み、割れ目内部からオサネに舌を這わせると、
すぐにも志津が喘ぎ、ガクガクと膝を震わせた。

「アア……」

濃厚に蒸れた匂いは薄れてしまったが、新たな淫水がヌラヌラと溢れて舌の動きが滑らかになった。

「あう、本当に出そうよ。いいのね……」

志津が、また朦朧となって息を震わせ、柔肉を妖しく蠢かせた。

なおも彼が執拗《しつよう》に吸い付いていると、間もなくチョロチョロと熱い流れがほとばしってきた。

「ああ……。信じられない、こんなこと……」

志津が自分に言うように喘ぎ、次第に勢いを増してゆばりを放った。

新吉は舌に受けて味わい、昨夜の澄よりずっと多い量を飲み込んだ。やはり味も匂いも淡いもので、溢れた分が心地よく肌を伝い流れた。

もちろん彼自身はムクムクと回復し、完全に元の硬さと大きさを取り戻してしまった。

「アア……、もう終わりよ……」

ようやく流れが治まると志津が言い、足を下ろすと力尽きたようにクタクタと座り込んでしまった。

新吉は、もう一度互いの身体に水を浴びせ、彼女を支え起こした。

そして身体を拭くと、また全裸のまま二人で部屋の布団へと戻っていったのだった。

キラキラさせた。

「まあ、もうこんなに……」

新吉が布団に仰向けになると、回復した一物を見て志津が息を呑み、目をキラキラさせた。

やはり、彼女ももう一回ジックリ味わいたいようだった。

志津が自分から新吉の股間に屈《かが》み込んできたので、彼も大股開きになり、自ら両脚を浮かせて尻の谷間を開いた。

「嫌でなかったら、少しだけ舐めて下さい。いま綺麗に洗ったので」

「まあ、私のは綺麗じゃなかったのね……」

尻を突き出して言うと、志津は羞じらうように身をくねらせながらも、彼の尻の谷間に顔を迫らせてきた。

舌が伸ばされ、チロチロと肛門が舐められ、ヌルッと潜り込むと、

「あう、気持ちいい……」

新吉は快感に呻き、モグモグと味わうように美女の舌先を締め付けた。

志津も中で舌を蠢かせ、熱い鼻息でふぐりをくすぐった。

脚を下ろすと、彼女もすぐふぐりに舌を這わせてきた。実に順序が、澄とよく似ていた。

睾丸《こうがん》が転がされ、袋が唾液にまみれると、志津は自分から前進してきた。

まだ口では触れず、彼女は胸を突き出し、豊満な乳房の谷間に幹を挟み、両側から揉《も》んでくれたのだ。

「ああ、すごい……」

新吉は肌の温もりと柔らかさに包まれ、揉みくちゃにされながら喘いだ。

やがて彼女は、充分に谷間で味わってから、ようやく顔を寄せてきた。

屹立した肉棒の裏側をゆっくり舐め上げ、先端まで来ると粘液の滲《にじ》む鈴口《すずぐち》をペロペロと探った。

そして張り詰めた亀頭にしゃぶり付き、スッポリと喉の奥まで呑み込むと、幹を締め付けてチュッと吸い付いてくれたのだった。

三

「ああ、気持ちいい……」

新吉は、志津にしゃぶられて喘ぎ、唾液にまみれた幹を彼女の口の中でヒクつかせた。ズンズンと股間を突き上げると、志津も顔を上下させ、股間に熱い息を籠もらせながらスポスポと摩擦してくれた。

「い、いきそう……」

急激に高まった新吉が言うと、志津がスポンと口を離した。

「どうする？　お口に出しても構わないわ」

「ええ。でも、もう一度入れたいです。跨《また》いで上から入れて下さい」

彼女が言うので、新吉は答えた。

飲んでもらうのも良いが、やはりもう一度、今度は茶臼《ちゃうす》（女上位）で味わいたかったのだ。

「いいわ」

志津も答えて身を起こし、仰向けの彼の股間に跨がってきた。

先端に割れ目を押し当て、ヌメリに任せてゆっくり腰を沈み込ませると、たちまち彼自身はヌルヌルッと根元まで呑み込まれてしまった。

「アア……、いい……」

ピッタリと股間を密着させた志津が喘ぎ、再び味わうようにキュッキュッと締め上げてきた。やはり口に出されるより、一つになる方が嬉しいようだった。

やがて上体を起こしていられなくなったように、彼女が身を重ねてくると、新吉も両手を回して抱き留め、膝を立てて豊満な尻を支えた。

「ああ……、続けて出来るなんてすごいわ……」

志津が言い、彼の肩に腕を回し、肌の前面を密着させて身体を預けてきた。

多分善兵衛は若い頃から、するときは一度だけだったのだろう。

新吉は熱く濡れた肉壺に締め付けられながら、徐々に股間を突き上げはじめていった。

志津も合わせて腰を遣うと、恥毛が擦れ合い、コリコリする恥骨の膨らみも感じられた。

「唾《つば》を垂らして……」

下からせがむと、志津も興奮と快感が高まったか、ためらわずに唾液を分泌させ、形良い唇をすぼめて迫った。そして白っぽく小泡の多い唾液を、グジューッと垂らしてくれたのだ。

新吉は舌に受け、うっとりと喉を潤した。

そして顔を引き寄せて舌をからめ、さらに彼は志津の口に鼻を押し込み、濃厚な吐息を嗅いで胸をいっぱいに満たした。

悩ましい匂いの刺激と締め付けに包まれ、たちまち絶頂が迫ってきた。

「い、いく……！」

新吉は昇り詰めて口走り、ありったけの熱い精汁をドクンドクンと勢いよくほとばしらせてしまった。

「あ、感じるわ。いい気持ち……！」

噴出を受け止めた志津も喘ぎ、そのままガクガクと狂おしい痙攣を開始して気を遣ってしまった。

収縮が強まり、彼は全身が吸い込まれるような錯覚の中、快感を味わいながら心置きなく最後の一滴まで出し尽くしていった。

出しきってもまだ突き上げを続けるうち、

「アア……、もう駄目……」

志津が声を洩らし、精根尽き果てたようにグッタリともたれかかってきた。

ようやく新吉も突き上げを止め、まだ息づく膣内でヒクヒクと過敏に幹を跳ね上げると、

「あう、もう暴れないで……」

志津が呻き、彼は重みと温もりを味わい、白粉臭の吐息を嗅ぎながら、うっとりと快感の余韻を味わったのだった。

（とうとう母娘《おやこ》の両方としてしまった……）

新吉は思い、幸せな心地に包まれながら呼吸を整えた。

やがて志津がノロノロと身を起こすと、彼も起き上がってもう一度井戸端で身体を流し、身体を拭くと二人とも身繕《みづくろ》いをした。

だいぶ日が傾き、そろそろ善兵衛と澄も帰ってくることだろう。

新吉は離れへと戻り、父娘《おやこ》が帰ってくる頃まで、また先代の蔵書に目を通していたのだった……。


——日が落ちる前に善兵衛と澄が戻り、土産《みやげ》に持ってきた宴会の余りの料理を広げた。

「いやあ、良い集まりだった」

すでに酒の入っている善兵衛は上機嫌で、なおも新吉に酒をすすめた。

新吉と志津は料理を摘んだが、もう善兵衛と澄は腹一杯のようである。

「で、お志津、あのことは新吉さんに話したか」

「ええ、承知して頂きました」

夫に訊かれて志津が答えると、善兵衛と澄が顔を輝かせた。

「そうか！　婿入りを承知して下さいますか」

善兵衛が新吉に向き直って言った。どうやら今日の集まりは、法要というより
その話が主だったようだ。

「はい、こちらこそ、私のようなもので構わないのでしたら、身に余る果報と存
じます」

新吉が答えると、親子三人は満面の笑顔になった。

「いやいや、こちらの方から頭を下げてお願いしたいぐらいです」

「ただ、お志津さんにも話しましたが、二親を失ってまだ三月ですので、少し落
ち着くまで婚儀はご猶予《ゆうよ》を頂きたいのです」

「ええ、それはどれぐらい？」

「髷《まげ》が結える頃には何とか」

新吉が言うと、善兵衛もハタと膝を打った。

「そうだ。お披露目《ひろめ》には多くの人が来るから、見栄えからしても髷があった方が
よろしいですな。そう致しましょう」

「はい、そう長いことではないと思いますので」

新吉が答えると、一同はほっとした顔つきになったのだった。

面白くないのは、明日帰ってくる市助であろうと、新吉は心配になった。

やがて日が落ちて夕餉《ゆうげ》を終えると、新吉は離れへと引き上げた。すでに行燈《あんどん》が点《つ》き、床が敷き延べられている。

と、そこへ仄香が姿を現して言った。

「今宵《こよい》は、女将も娘も来ないわ」

「ええ、お澄さんは昨夜したばかりだし、お志津さんも昼間したのだから、今夜は誰も来ないでしょう」

新吉も答え、寝巻に着替えて大人しく寝ることにした。

「仄香は、もうしてくれないのかな？」

「もちろんしてもいいけど、今宵はしないほうがいいわ」

仄香は何やら意味ありげに言い、彼が横になると、行燈を消して姿を隠してしまった。

何かあるのかと思いつつ、新吉は暗い部屋で横になった。

母屋でも、酒が入っているので善兵衛はすぐ眠ってしまったようだし、もう志津と澄も寝たことだろう。

どれぐらい経ったか、新吉が眠れずにいると、襖《ふすま》がそろそろと開き、何者かが離れに侵入してきた。

むろん志津や澄でないことは殺気で分かる。

新吉が寝たふりをしていると、いきなり賊《ぞく》が襲いかかってきた。匕首《あいくち》の先が、新吉の胸に振り下ろされたのである。

彼は難なくその手首を摑《つか》み、身を起こしながら賊を組み伏せた。

こうした力が三月前にあったなら、火が回る前に二親を救い出せたろうにと彼は思った。

行燈がなくても、魔界の力で相手がよく見えた。

組み伏せながら黒いほっかむりを剝《は》ぎ取ると、それは思っていた通り市助であった。

「番頭さん、なぜこんなことを」

「く……」

言うと市助は呻きながら、やはり敵《かな》わぬと諦《あきら》めたか力を抜いた。

その身体を起こさせると、市助も神妙に座ったので、新吉は落ちていた鞘《さや》に匕首を納め、彼の膝に投げ返してやった。

「千住へ帰ったのではないのですか。まあ、帰ったふりをして私を殺《あや》め、押し込みのせいにして明日何食わぬ顔で戻ってくるつもりだったのでしょう」

新吉が言うと、図星だったらしく市助は項垂《うなだ》れた。

障子越しに射す月光で目が慣れたか、市助からも新吉が見えはじめたようだ。

彼は庭へ侵入し、渡り廊下から離れへ忍んで来たのだろう。入り口と裏木戸以外はどこも施錠《せじよう》していないし、番頭として勝手知ったる家の中である。

やがて、市助が訥々《とつとつ》と話しはじめたのだった。

四

「こんな弱そうな奴に敵わぬとは……。坂上千代に勝ったというのも、何かの間違いだと思っていたんだが……」

市助が、憎々しげに目を上げて新吉に言う。

「千住の店は、兄夫婦と子供たちで手狭で、俺の居場所なんかねえ。居られるのはここだけなんだ。それを、いきなり来たどこの馬の骨とも分からん奴にお嬢様を取られるのは我慢できねえ」

市助が肩を震わせ、新吉を睨《にら》み付けながら言った。中肉中背だが、荒《すさ》んだような暗い目の光がある。

　酒の匂いがするので、実家へ帰ったふりをして、使い込んだ金で女でも買い、一杯引っかけるうち気が大きくなったのだろう。

「確かに、どこの馬の骨とも分からん私ですが、お澄さんと約束でもあったのですか？」

「約束はねえが、先代はその気でいてくれたようだ。それが一年前に死ぬと、今の旦那《だんな》も女将もお嬢様も、もっと良い婿がいるんじゃねえかと思いはじめたようで急に余所余所《よそよそ》しくなった。確かに俺は学もねえし、算盤《そろばん》も苦手で字も下手《へた》だ。だがお前さえ来なければ何とか……」

　先代は彼の実家である千住の店とも取引があり、その縁で、十年ばかり前に市助を引き取ったのだろう。

「余所余所しくなったのは、何度となない使い込みが知られたからではないのですか。大福帳をつぶさに見れば、誰でも分かることです。それでも僅かな額だと目をつぶってくれたのは、善兵衛さんは穏やかな人だし、あなたの長年のご奉公があったからでしょう」

「…………」

「確かに、いきなり私などが来たことは気の毒に思いますが」

「て、てめえなんぞに情けをかけられたくはねえ！」

言うなり市助は眉を険《けわ》しくさせ、匕首を手に立ち上がった。

「こうなったら、お嬢様を刺して俺も死んでやる！」

市助はいきなり離れを飛び出した。

「待て！」

新吉も言って立ち上がったが、市助の勢いは激しかった。魔界の力を凌《しの》ぐほど自棄《やけ》になっているのだろう。

新吉は、今夜は市助をここに寝かせて、明日良い頃合いに千住から帰ってきた振りをさせ、何事もなかったことにしようと思っていたので、市助の激情は不意討ちで彼も後《おく》れを取ったのだった。

渡り廊下を駆け抜ける市助を追うと、彼は迷うことなく母屋に入り、暗い廊下を曲がって澄の部屋に飛び込んでいった。

「キャッ……！」

物音に目を覚ました澄の声がし、ようやく新吉も飛び込むと、市助は抜き放った匕首を澄に突き付けたところだった。

「どうしたの！」

騒然とした物音に、隣の部屋の志津も起き出し、言いながら入ってきた。

ようやく新吉が市助の背に飛びつき、匕首を握った手首を摑んで捻《ひね》り上げた。

「おとなしくしなさい。これ以上の狼藉《ろうぜき》は許しません」

「く……。は、離せ……！」

組み伏せながら言うと、市助は苦悶《くもん》して呻き、得物《えもの》を取り落とした。どうやら切っ先は澄に掠《かす》りもしなかったようで、新吉もほっと安堵《あんど》したのだった。

「その声は、市助……」

暗い座敷の中、ようやく志津が手燭《てしょく》をかざし、押さえつけられ顔を歪めている市助を照らした。

やがて市助がすっかり観念したように力を抜いたので、新吉も彼を離した。

すると市助は勢い込んで立ち上がり、脱兎《だっと》の如《ごと》く部屋を飛び出していったのだった。

その逃げ去る足音が遠ざかると、あらためて新吉は母娘を見た。

「誰も怪我はないですか？」

訊くと、二人も興奮覚めやらぬように息を弾ませて頷《うなず》いた。

「何があったの……」

志津が言い、新吉は母娘の甘ったるい匂いの中で事情を話した。もう、市助も母娘に顔を見られてしまったので、なかったことには出来ない。

「そう……。市助は新吉さんを襲って、それからお澄を……」

「ええ、私が来たことが気に入らなかったのでしょう。気持ちは分かるので、何だか申し訳ないです」

新吉は答え、市助が捨てていった匕首を再び鞘に納めた。

「そんな、同情することないわ」

澄が言い、あらためて命拾いしたことで胸を撫で下ろしたが、その胸元がはだけていたので慌てて掻き合わせた。

「もう、戻らないでしょうね……」

「戻ってきたら困るわ」

新吉が言うと、澄が答えた。

「ね、おっかさん。恐いので、新吉さんに母屋で寝てもらって」

「ええ……。もう来ないとは思うけど、そうね」

「この部屋で寝てもらうわ。いいでしょう?」

澄が勢い込んで言う。その勢いに押され、志津も頷いてくれた。

「分かったわ。もう許婚《いいなずけ》なのだから構わないでしょう」

「じゃ、おっかさんは戻って」

追い立てるように言うと、志津もようやく気を取り直したように苦笑し、隣の部屋に戻っていった。善兵衛だけは、何も知らずに大鼾《おおいびき》で、それを聞いた新吉も苦笑した。

襖が閉まると、澄が彼の手を引き、同じ布団に身を横たえた。

「また助けられたわ。本当に、有難うございます」

体をくっつけ合い、布団に潜るようにして澄が囁いた。

どうせ志津もすぐ眠らないだろうから、ここで始めるわけにはいかず、添い寝して囁き合うだけにした。

まだ恐怖の名残に、澄の息と全身が震えていた。

新吉は、布団の中に籠もる娘の体臭と、甘酸っぱい吐息を感じて最大限に勃起してしまった。

しかも、隣室の志津に知られないようにするのが興奮をそそった。

新吉は唇を重ね、澄のぷっくりした感触を味わい、舌をからませた。生温かな唾液に濡れた澄の舌も、チロチロと滑らかに蠢いた。

熱い鼻息に鼻腔が湿り、彼は執拗に舌をからめながら、澄の手を握って一物に導いた。

彼女もニギニギと愛撫してくれ、新吉はジワジワと高まってきた。

充分に澄の舌の感触と唾液のヌメリを味わうと、そっと彼女が口を離した。

「声を出すとおっかさんに聞こえちゃうので、お口に出して下さい。静かにするので」

内緒話のように澄が囁くと、

「じゃ、いきそうになるまで指でして」

新吉も答え、指の愛撫を受け止めながら彼は澄の甘酸っぱい吐息を胸いっぱいに嗅ぎ、唾液も飲ませてもらいながら絶頂を迫らせた。

果実臭の吐息は、恐怖と興奮の直後だからいつになく濃厚に鼻腔が刺激され、たちまち彼は完全に高まった。

「い、いきそう……」

囁くと、すぐに澄は布団に潜り込み、熱い息を籠もらせて張り詰めた亀頭にしゃぶり付いてくれた。

喉の奥までスッポリと呑み込んで吸い付き、ネットリと舌をからめはじめた。

新吉が小刻みに股間を突き動かすと、彼女もスポスポと強烈な摩擦を繰り返してくれた。

まだ志津は眠っていないだろうし、気になって聞き耳を立てているかも知れない。何しろ昼間、彼女は娘婿になるかも知れない男と濃厚な情交をしているのだ。

新吉は喘ぎ声も身悶《みもだ》えも抑え、とうとう澄の口の中で昇り詰めてしまった。

声もなく絶頂の快感を噛み締め、ドクンドクンと勢いよく熱い精汁をほとばしらせると、

「ク……」

布団の中で澄が小さく呻き、噴出を全て受け止めてくれた。

幹を脈打たせながら快感を噛み締め、心置きなく最後の一滴まで出し尽くすと彼は満足しながらグッタリと力を抜いた。

幸い澄も噎せるようなこともなく、全て口の中に受けて動きを止め、コクンと一息に飲み干してくれた。

締まる口腔にピクンと反応し、新吉は身を投げ出した。

口を離した澄はなおも幹をニギニギし、余りの雫の滲む鈴口を舐め回した。

もういい、というふうにクネクネと腰をよじると、ようやく澄も舌を引っ込めて這い出してきた。

そして腕枕してやると、安心したように彼女は目を閉じた。

新吉が温もりの中で余韻を味わっていると、間もなく澄は軽やかな寝息を立てはじめた。

どうやら志津も眠ったようで、新吉もそのまま眠りに就《つ》いたのだった……。

五

「そうか、そんなことがあったのか。市助がなあ……」

翌朝、報告を聞いた善兵衛が腕を組んで言った。

「おとっつぁん、私が刺されそうになって叫んでも起きないんだもの」

澄が詰《なじ》るように言ったが、もう昨夜のこととして衝撃からはすっかり立ち直って笑みを浮かべていた。

むしろ澄は、そのことで新吉に助けられ、さらに彼と親密になれたことを喜んでいるようだった。

「もう、市助は戻ってこられないだろうな。新吉さんが来たことが面白くなくても、全ては巡り合わせなのに」

善兵衛が言う。

市助への未払いの給金は、彼が今まで着服した分と相殺《そうさい》することとなった。むろん千住の実家へは、余計なことは言わないつもりらしい。

彼の荷は、僅かな着替えだけなので処分することになる。澄は、市助が使っていた布団まで捨てたいようだったが、また奉公人が来るかも知れないのでと、善兵衛が言って干すだけにしたようだ。

「まあ、何にしても、怪我人が出なくて本当に良かった」

「今後は、私が番頭さんの分まで働きますので」

「ええ、追い追いそうしてもらえると助かります。あらためて、娘を助けてくれたこと、御礼申し上げます」

新吉が言うと、善兵衛はあらたまって言い、彼に頭を下げた。

やがて朝餉を終えて店を開けると、新吉も離れへは戻らず、帳場の仕事を覚えていった。

澄は、いつものようにお花の習いごとに出かけていった。

と、そこへフラリと千代が店に顔を出したのだ。

「いらっしゃいませ、坂上様」

志津が言うと、千代はいつもの男装に二本差しで、また客ではないという風に手を振った。

「新吉に少し相談があるのだが、お借りしてよろしいか」

「はい、どうぞ」

言われて、志津は快く答えた。

千代はこの界隈《かいわい》の有名人だし、顔が広いので、彼女を慕《した》う多くの旗本や御家人の子女たちも、小町屋の良いお得意になってくれているのだ。

「では、少し出てきますので」

新吉は志津に言い、店を出て千代と歩きはじめた。

「火付け盗賊だが、どうやら三月ごとに江戸中を荒らし回っているようだ」

千代は、大股に歩いて道場に向かいながら言った。すれ違う人たちが、みな軽く千代に頭を下げて通り過ぎてゆく。

「黒ずくめの集団で、お前の家が焼かれたのも奴らの仕業だろう」

「そうですか……」

新吉は、蔵前の家を思い出しながら答えた。

どうやら千代は、同心や岡っ引きにも知り合いがいて、そうした情報を得ているようだった。

「そろそろ荒らしまくるのも終わりにし、高飛びするかも知れず、最後の大仕事を警戒しなければならないようだ」

千代が言い、道場に着くと新吉を中に招き入れた。前にも入った、千代の部屋で、すでに床が敷き延べられている。

「その話はあとにして、どうにも身体が火照《ほて》ってならぬ」

千代が言い、大小を置いて袴《はかま》を脱ぎはじめた。どうやらこちらが、彼を連れ出した本題らしい。

もちろん新吉も急激に淫気を催し、先に手早く全裸になって、千代の体臭の沁み付いた布団に横になった。

千代も一糸まとわぬ姿になると、逞《たくま》しい肉体で添い寝し、彼をきつく抱きすくめてきた。

「アア、会いたかった」

熱っぽく囁くなり、感極まったように激しく唇を重ねてきた。

燃えるような息吹《いぶき》に鼻腔を湿らされ、彼も激しく勃起しながらネットリと舌をからめた。

「ンン……」

千代は熱く呻きながらピッタリと唇を密着させて、彼の口の中の隅々まで長い舌をヌラヌラと這い回らせた。

新吉が唾液のヌメリを存分に味わうと、やがて彼女は口を離した。

「お前、小町屋に婿入りするそうだな」

千代が近々と顔を寄せ、肉桂臭《にっけいしゅう》の熱い息で囁いた。

「も、もうそんな噂《うわさ》が……？」

新吉は驚いて答えたが、例の法要のあとの宴席に、商家の人たちも多く集まっていたから、たちまち話が知れ渡ってしまったのだろう。

「まあ、仕方がない。どうせ私はお前とは一緒になれぬだろうし、お澄は気立ての良い子だからな」

千代が諦めたように言う。

「だが、これからもたまにで良いから、こうしてお前と抱き合いたい」

千代が熱く囁き、返事も待たずに移動して彼の股間に顔を寄せてきた。

そして張り詰めた亀頭をパクッとくわえると、モグモグとたぐるように喉の奥まで呑み込み、吸い付きながら舌を蠢かせてきた。

新吉は快感に悶えながら、彼女の下半身を引き寄せた。

千代も素直に彼の顔に股間を迫らせ、互いに内腿を枕にした二つ巴《どもえ》の体勢になっていった。

潜り込んで恥毛に鼻を擦りつけると、濃厚に蒸れた汗とゆばりの匂いが彼の鼻腔を悩ましく掻き回してきた。

すでに陰戸は淫水が大洪水になり、彼は舌を挿し入れてヌメリを掻き回し、大きく突き立ったオサネに吸い付いた。

「ンンッ……！」

最も感じる部分を刺激され、千代が呻いて熱い鼻息でふぐりをくすぐりながら反射的にチュッと強く亀頭に吸い付いた。

新吉が執拗にオサネに吸い付いては溢れる淫水をすすると、彼の目の上で枇杷《びわ》の先のように突き出た桃色の蕾《つぼみ》がキュッキュッと収縮した。

そちらにも伸び上がって蒸れた匂いを貪ると、舌を這わせてヌルッと潜り込ませ、滑らかな粘膜を探った。

「く……」

千代が呻き、モグモグと肛門で新吉の舌先を締め付けながら、自分も彼の両脚を浮かせ、尻の谷間に長い舌を這わせてきた。

さらにふぐりを舐め回し、待ち切れなくなったように身を離すと、向き直って彼の股間に跨がってきた。

上から腰を沈め、ヌルヌルッと滑らかに根元まで納めると、彼女が身を重ねてきたので新吉もしがみついた。

ピッタリと股間同士が嵌《は》まり込み、彼は潜り込んで両の乳首を吸い、舌で転がした。

千代の腋の下にも鼻を埋め、湿った腋毛に籠もる、何とも甘ったるく蒸れた汗の匂いに噎せ返ると、彼女が徐々に腰を動かしはじめた。

新吉もズンズンと股間を突き上げ、膝を立てて尻の蠢きを支えた。

「アア、何と心地よい……」

千代が次第に動きを激しくさせながら喘ぎ、やはり張り形とは違う、血の通った肉棒を締め上げてきた。そして千代は再び上からピッタリと唇を重ね、執拗に舌をからめながら収縮と潤いを増していった。

「い、いきそう……」

新吉が、すっかり高まって口走ると、

「いって、中に出して。いっぱい……」

千代も熱く喘いで答えた。そう、彼女は張り形では得られない、奥への噴出を感じて気を遣りたいのだ。

先にいって良いならと、彼も激しく腰を突き上げ、女丈夫《じょじょうふ》の濃厚な吐息を嗅ぎながら、激しく昇り詰めてしまった。

「ああ、気持ちいい……!」

もう堪らずに新吉が喘ぎながら、熱い大量の精汁をドクンドクンと勢いよくほとばしらせると、

「ヒッ……、いい。いく……。アアーッ……!」

奥深い部分を直撃されながら千代が喘ぎ、そのままガクガクと狂おしい痙攣を開始して気を遣ってしまった。

吸い込むように締まって蠢く膣内の快感を存分に味わい、やがて新吉は心置きなく最後の一滴まで出し尽くしていった。

満足して動きを止めていくと、

「アア……、良かった……」

千代も動きを止めて喘ぎ、グッタリと身体を預けてきた。

「こうして一つになっているというのに、お前が遠くに行ってしまうような気がする……」

千代は熱い息で囁き、まだ物足りないように彼の口を舐め回した。

新吉は収縮の中で過敏に幹をヒクつかせ、美女の悩ましい吐息を胸いっぱいに嗅ぎながら、うっとりと余韻に浸り込んでいったのだった。

第四章　母娘《おやこ》それぞれの悦楽

一

「失礼、小町屋の新吉さんですね」

新吉が道場を出て少し歩いたところで、同心姿の男が声を掛けてきた。

情交を終え、千代は全く力が抜けてしまい、彼は自分だけ身繕《みづくろ》いして出てきたのだ。

「ええ、あなたは」

「瓜生千之助《うりゆうせんのすけ》と申します。見た通り八丁堀《はっちょうぼり》同心で」

二十代前半の、眉の太い男は名乗った。二本差しに十手《じって》を手挟《たばさ》み、巻羽織《まきばおり》で颯《さっ》爽《そう》たる様子である。

「実は私は門弟の一人でして、先日の、千代様との勝負も拝見しておりました」

千之助が言う。

旗本や御家人に混じり、彼も道場に通っているようだが、同心では滅多に暇もないだろうから、先日はたまたま稽古《けいこ》に来て、新吉が飛び入りで千代の相手をしたときに居合わせたらしい。

「そうですか」

「小町屋へ来る前は、蔵前で火付け盗賊《とうぞく》にあったとか。その頃、あなたは虚弱で伏《ふ》せってばかりいたとのことですが」

「調べたのですか」

「ええ、千代様を苦もなく倒せる人として、非常に気になりました。もしかして蔵前の新吉さんとは別の人ではないかと思い」

「ははあ」

新吉は、千之助の熱心さに感心した。

確かに、同じ人とは思えない変わりようで、同心が本気で調べたら不審に思うのも当然である。

「良ければ蔵前までご一緒できますか？　歩きながら話しましょう」

新吉が言うと、千之助も頷《うなず》いて一緒に歩いた。

「そろそろ二親の百か日で、その相談と、世話になった住職に今の報告もしたいのです」

「分かりました。ご一緒しましょう」

千之助は言い、油断なく身構えながら並んで歩いた。

もちろん抜き打ち出来るような非礼な並び方ではなく、彼は新吉の右側を歩いていた。

もっとも、すでに新吉が小町屋に住んでいることも知っているのだから、よもや逃げ出すとも思っていないだろう。

「確かに、私は幼い頃から虚弱でした」

新吉は、足早に歩きながら話しはじめた。

「それが大家である隣の紙屋が盗賊に遭《あ》い、というのはあとで知ったのですが、とにかく火が回ってきたとき私はすでに二親の部屋が火に巻かれているのを見て驚き、助けることも叶《かな》わず命からがら飛び出したのです。その時髪は焼け、顔や手足にも火傷《やけど》を負い、外に倒れたところを町の人たちに助けられ、避難する人に交じって近くの寺へ運ばれたのです」

言うと、千之助は頷きながら熱心に聞いている。

「幾夜か、朦朧《もうろう》として過ごしておりましたが、思うのは一つ、自分に力があれば二親が助けられたのに、ということだけでした」

「ふん、それで？」

「ある夜、夢を見ました。天狗《てんぐ》が現れ、お前に力を与えてやろうと言われ、覚めてからは敏捷《びんしょう》に動けるようになっていたのです」

言うと、千之助は苦笑した。

「そんな話、信じられますか」

「では、瓜生様には、他にどういうお考えが？」

訊《き》くと、千之助は咳払《せきばら》いして言った。

「私の考えはこうです。元々あなたは素破《すっぱ》か何かの末裔《まつえい》で紙屋に奉公していた。それが実は盗賊の仲間で、手引きをして押し込みに入って火をかけた。そして隣の絵草紙屋にいる新吉さんを殺して死骸を隠し、彼に成り代わって小町屋へ潜り込んだ。次の獲物を探すためです」

「はあ、それはすごい」

新吉は感心して答えた。

「違いますか」

「素破なら、自分の力をひけらかすようなことはしないはずです。そもそも役人に疑いを持たれるようなヘマはしない」

「なるほど、しかしお嬢さんの心を摑《つか》むためなら、少々力を見せるのも手でしょう。それに、神田と蔵前は離れているので、ばれぬと高をくくったかも」

「ええ、離れているけど、もう着きましたね」

新吉は言い、久々に来た蔵前の町を見回した。

かなり早足で歩いたが、千之助も必死についてきていたのだ。

新吉は魔界の力があるから神田と蔵前などひとっ飛びだが、さすがに千之助は額に汗を滲《にじ》ませている。

見ると、紙屋と絵草紙屋があった場所は、焼け焦《こ》げた木材は取り除かれているものの、まだ何も建てられていなかった。

「新吉じゃないか。おお、無事だったか、顔色も良いようだな」

並びにあった茶屋の主人が出てきて声を掛けると、他の商家からもその声に店主たちが出て来て新吉を取り囲んだ。

「二親は気の毒だったなあ。でも元気そうで何よりだ」

「ええ、今は神田須田町の、小町屋という小間物屋で世話になってます」

「そうか、あれから住職も心配していたんだぞ」

皆が口々に言い、やがて新吉のそばにいる同心に目を遣《や》った。

「お役人様は、なぜ一緒に？」

「いや、火付け盗賊の行方を追っているのだが、新吉にこの場所に来てもらい、何か思い出したことはないかと」

「なるほど、でも真夜中のことだし、押し込みが入ったのは隣だからなあ、火傷で命からがらだったから新吉に訊いても仕方ないだろう」

人々は言い、千之助も頷くしかなかった。

どうやら彼も、新吉が本当に絵草紙屋の一人息子だと納得したようだ。

「では、寺へ挨拶《あいさつ》に行ってきますので」

「おお、行っといで。元気そうで安心したよ」

皆に送られ、新吉は近くの寺まで足を運び、もちろん千之助も一緒に来た。

老住職を訪ねると、

「新吉！　あの時は追い出すようなことをして済まなかった。何しろ貧乏寺のことで何もしてやれず気にしていたんだ」

彼は涙ながらに言って新吉の両肩を摑んだ。

「いいえ、神田で良い店に奉公できました。そのご報告と、親たちの百か日のことをご相談に」

「そうか、うん、本当に元気そうで良かった。とにかく中へ」

住職が新吉に言うと、千之助が、

「私はこれで失礼する」

言いながらも、まだ全ての疑いを解いたわけではないぞ、という眼差《まなざ》しを新吉に向けて立ち去っていった。

そして新吉は庫裡《くり》に入り、その後の報告をしてから、やがて須田町へと戻ってきたのだった。

「おお、ゆっくりだったな。千代様の話は何だった」

帳場の善兵衛が彼を迎えて言った。

間もなく昼で、澄も習いごとから帰ってくる刻限なので、志津は厨《くりや》で昼餉《ひるげ》の仕度をしている。

「ええ、千代様の門弟の同心が、火付け盗賊を警戒するようにとのことです。そして私は蔵前へ行き、世話になった住職に報告と、二親の百か日の相談をしてきました」

「ああ、そうだったか。婿《むこ》入りに浮かれるばかりで、お前の親の弔《とむら》いもすっかり忘れていた。済まない」

善兵衛が言う。

彼の口調は次第に婿に対するような気さくなものになっていて、新吉も、いつまでも客人扱いされるより、この方が良いと思った。

やがて澄が帰宅し、女客で立て込んでいるので皆は交代で昼餉を済ませ、新吉も再び帳場に座ったのだった。

(瓜生千之助か、やり手のようだな……)

新吉は算盤《そろばん》を弾きながら思ったが、今後、果たして同心を納得させられるような成り行きになるだろうか。

たとえば二親の復讐も兼ね、新吉が盗賊集団を一網打尽《いちもうだじん》にすれば、自分が仲間ではないと千之助も納得してくれるに違いない。

そうなったにしても、新吉が急に強くなった理由は不明のままで、きっと彼の疑惑は残ることだろう。

とにかく、なるようにしかならないのだと思い、やがて新吉は気を取り直して帳場の仕事を続けたのだった。

二

「嬉《うれ》しいわ。ここなら、もう声を気にすることもないので」

夜、澄が新吉の離れへ来て言った。

すでに夕餉も終え、もう寝る刻限になっている。

そう、澄が親たちにねだり、離れに布団を持ち込んで一緒に寝ることを承知させてしまったのである。

もちろん、すでに許婚《いいなずけ》なのだし、市助の押し込みのこともあったから善兵衛も頷き、そして新吉も、善兵衛と志津に、もう客ではないのだから呼び捨てにしてもらうよう頼んだのだった。

新吉は激しく股間を突っ張らせ、たちまち全裸になってしまった。

確かに、隣室の志津に聞かれないよう、密やかに戯《たわむ》れるのも興奮したが、声が出せない澄は辛《つら》かったことだろう。

澄も一糸《いっし》まとわぬ姿になると、たちまち離れの部屋に娘の匂いが甘ったるく立ち籠めた。

「ここに座って」

新吉は布団に仰向けになり、下腹を指して言った。

「こう……？」

澄は言われるまま、モジモジと彼の腹を跨《また》ぎ、そっと腰を下ろしてきた。

陰戸《ほと》が直《じか》に下腹に密着すると、微《かす》かな潤《うるお》いが伝わった。

「足を伸ばして、私の顔に乗せて」

言いながら彼は澄の両足首を摑《つか》み、顔の方に引き寄せた。

「あん……。旦那《だんな》様の顔に足なんか……」

「まだ祝言《しゅうげん》前だからね、どうか願いを叶えてほしい」

新吉は言い、ためらう彼女の足裏を自分の顔に乗せてしまった。

「アア、変な気持ち……」

澄は新吉の立てた膝に寄りかかり、両足を彼の顔に乗せて喘《あえ》いだ。

彼は娘の身体の重みを受け、うっとりと感触を味わった。

澄が座りにくそうに腰をよじるたび、陰戸が肌に擦《こす》れ、潤いが増してくるのが分かった。

新吉は両足の裏を舐め回し、縮こまった指に鼻を割り込ませて嗅《か》いだ。

蒸《む》れた匂いが悩ましく鼻《び》腔《こう》を刺激し、彼は充分に胸を満たしてから爪先にしゃぶり付き、全ての指の股に沁み付いた汗と脂《あぶら》の湿り気を貪《むさぼ》った。

「ああ……、くすぐったいわ……」

澄がクネクネと身《み》悶《もだ》えて喘ぎ、密着する陰戸がヌラヌラと擦れた。

やがて両足とも味と匂いを堪能すると、彼は澄の足を顔の左右に置き、手を引いて前進させた。

澄も素直に腰を浮かせ、引っ張られるまま彼の顔にしゃがみ込んできた。

娘の厠《かわや》姿を真下から見るような光景に、新吉は顔中に熱気と湿り気を受けながら興奮した。

割れ目からはみ出した花びらは、ネットリと大量の蜜にまみれ、指で広げると膣口は艶《なま》めかしく息づいていた。

腰を抱き寄せ、楚々《そそ》とした若草の丘に鼻を埋《うず》めて嗅ぐと、甘ったるく蒸れた汗の匂いにゆばりの刺激が混じり、悩ましく鼻腔が掻き回された。

舌を挿《さ》し入れ、膣口の襞を クチュクチュ掻き回し、小粒のオサネまでゆっくり舐め上げていくと、

「アアッ……！」

澄が熱く喘ぎ、思わず座り込みそうになりながら、懸命に彼の顔の左右で両足を踏ん張った。

新吉は陰戸の味と匂いを貪ってから、澄の尻の真下に潜り込んだ。

顔中に弾力ある双丘を受け止め、蕾《つぼみ》に籠もる蒸れた匂いを嗅いでから舌を這わせ、ヌルッと潜り込ませた。

「あう……」

澄が呻《うめ》き、キュッときつく肛門で舌先を締め付けた。しゃがんだ真下から舐められるのは、相当に感じるらしく、陰戸からはトロトロと清らかな蜜汁が垂れてきた。

新吉は滑《なめ》らかな粘膜を探り、やがて陰戸に戻って大量のヌメリをすすり、再びオサネに吸い付いた。

「も、もう駄目……」

澄が言い、上体を起こしていられないように突っ伏し、そのまま彼の上を移動して股間に腹這いになってきた。

そして新吉が自ら両脚を浮かせると、澄も心得たように彼の尻の谷間に舌を這わせはじめてくれた。

チロチロと可憐《かれん》な舌が肛門に這い、ヌルッと潜り込むと、
「く……」
新吉は快感に呻き、キュッキュッと味わうように澄の舌先を締め付けた。
やがて脚を下ろすと、澄はふぐりにしゃぶり付き、二つの睾丸《こうがん》を舌で転がして
から前進し、屹立《きつりつ》した肉棒の裏側を舐め上げてきた。
滑らかな舌が先端まで来ると、澄は粘液の滲む鈴口《すずぐち》を舐め回し、小さな口を精
一杯丸く開くと、スッポリと喉の奥まで呑み込んだ。
そして幹を締め付け、笑窪《えくぼ》の浮かぶ頬をすぼめて吸い付き、熱い息を股間に籠
もらせながら、口の中ではクチュクチュと舌をからめてくれた。
「ああ、気持ちいい……」
新吉が喘ぎながらズンズンと股間を突き上げると、澄も顔を上下させ、濡れた
口でスポスポと摩擦しはじめた。
たっぷり溢《あふ》れる唾液に一物《いちもつ》が温かくまみれ、新吉はジワジワと絶頂を迫らせて
いった。
「い、いきそう。跨いで入れて……」
言うと、澄もチュパッと口を離して身を起こした。

そのまま前進して彼の股間に跨がり、唾液に濡れた先端に陰戸を押し当てて息を詰めた。

ぎこちなく腰を沈めると、張り詰めた亀頭が潜り込み、

「アア、入ってくるわ……」

澄が喘ぎ、ヌルヌルッと滑らかに根元まで受け入れていった。

ぺたりと座り込むと股間が密着し、彼が両手を伸ばして抱き寄せると、澄もそろそろと身を重ねてきた。

新吉は両手で抱きすくめ、膝を立てて尻を支えた。

「痛くない？」

「ええ、すごくいい気持ち……」

囁《ささや》くと澄が答え、実際味わうようにキュッキュッと締め上げてきた。

彼に宿った魔界の気によるものか、初回から気を遣った澄はすでに痛みなど克服し、全身で快感を受け止めているようだ。

新吉は潜り込むようにして乳首に吸い付き、甘ったるい体臭に包まれながら舌で転がした。

「アア……、気持ちいいわ……」

乳首を刺激されると澄が心地よさそうに喘ぎ、連動するように膣内がキュッときつく締まった。

彼は左右の乳首を交互に含んで舐め、顔中で張りのある膨《ふく》らみを味わった。

さらに腋《わき》の下にも鼻を埋め、生ぬるく湿った和毛《にこげ》に籠もる、濃厚に甘い汗の匂いに噎《む》せ返った。

うっとりと胸を満たしてから彼女の白い首筋を舐め上げ、顔を引き寄せてピッタリと唇を重ねると、

「ンン……」

澄も熱く呻き、舌を挿し入れてきた。チロチロとからませると、温かな唾液に濡れた舌が滑らかに蠢《うごめ》いた。

新吉は彼女の熱い鼻息で鼻腔を湿らせ、滴《したた》る唾液をすすりながらズンズンと小刻みに腰を突き上げはじめていった。

「アア……、いい……」

澄が口を離して喘ぎ、合わせて腰を動かした。

たちまち二人の動きが一致してゆき、次第に股間をぶつけ合うほど激しくなっていった。

溢れる蜜汁で動きが滑らかになり、ピチャクチャと淫らに湿った摩擦音も聞こえてきた。新吉は股間を澄の蜜汁に濡らしながら、たちまち絶頂を迫らせてしまった。

澄の喘ぐ口に鼻を押し込み、濃厚に甘酸っぱい芳香で胸をいっぱいに満たすと、彼女も快感に任せてチロチロと鼻の穴をしゃぶってくれた。

唾液と吐息の匂いで、もう堪《たま》らずに新吉は大きな絶頂の快感に全身を貫かれていった。

「い、いく……！」

口走りながら、ありったけの熱い精汁をドクンドクンと勢いよくほとばしらせると、

「あ、熱いわ、いい……。アアーッ……！」

噴出を感じた澄も口走り、ガクガクと狂おしい痙攣《けいれん》を開始した。膣内の収縮が最高潮になり、どうやら本格的に気を遣ってしまったようだ。

新吉は激しく股間を突き上げ、何とも心地よい摩擦快感を嚙み締めながら、最後の一滴まで出し尽くしていった。

満足しながら徐々に突き上げを弱めていくと、

「アア……、溶けてしまいそう……」

澄も精根尽き果てたように声を洩らし、全身の硬直を解いてグッタリともたれかかってきた。

新吉は彼女の温もりと重みを受け止め、まだ息づく膣内でヒクヒクと過敏に幹を震わせた。そして果実臭の吐息を間近に嗅ぎながら、うっとりと快感の余韻に浸り込んでいったのだった。

三

「お店を開けるのは、お昼にしましょうか」

翌朝、志津が新吉に熱っぽい眼差しを向けて言った。

朝餉が済むと、澄はお花の習いごとに行き、善兵衛も寄り合いに出かけてしまったのだ。

二人の帰宅は昼になるだろう。

せっかく二人きりなので、志津も急激に淫気を催《もよお》したようである。

昨夜、新吉は、あれから澄と体をくっつけ合って眠った。

目覚めたときは朝立ちの勢いもあり、新吉は澄の、寝起きで濃厚になった息の匂いに欲情したが、すでに母屋《おもや》では志津の朝餉の仕度の物音が聞こえていたので仕方なく何もせず起きたのである。

もちろん善兵衛も志津も、すでに新吉と澄が男女の仲になったことを察しているだろうが、志津の淫気は、それとはまた別物のようだ。

どうにも熟れ肌が疼《うず》き、まして、まだ祝言前だから構わないだろうと自分を納得させ、新吉に迫っているのである。

しかも娘に内緒、というのが志津の欲望に火を注いでいるようだった。

新吉も、たちまち義母となる志津に激しい淫気を向けた。

彼はすぐにも志津の部屋に招き入れられ、欲望が伝わり合うように互いに全裸になっていった。

一糸まとわぬ姿になった志津が、白く豊満な熟れ肌を布団に投げ出した。

彼はまず仰向けの志津の足に屈《かが》み込み、足裏に舌を這わせ、指の間に鼻を割り込ませて嗅いだ。

「あう、そんなところから……」

志津は呆《あき》れたように呻いたが、拒《こば》むことはしない。

澄にもこのようなことをしているの、と訊きたいことは山ほどあるだろうが、志津は自身の快感に専念しはじめたようだった。

新吉は指の股に沁み付いた蒸れた匂いを貪り、しゃぶり付いて汗と脂の湿り気を味わった。

「アア……、汚いのに……」

志津は言ったが、たちまち我を忘れてクネクネと悶えはじめていた。

新吉は両足とも味と匂いを貪り尽くし、大股開きにさせて脚の内側を舐め上げていった。

白くムッチリと量感ある内腿を舐め、思い切り嚙みつきたい衝動に駆られながら股間に迫った。

先に彼女の両脚を浮かせ、豊満な尻の谷間に鼻を埋めると、顔中に双丘が密着して弾んだ。薄桃色の蕾に籠もる匂いを嗅いでから、舌を這わせてヌルッと潜り込ませると、

「あう、いい気持ち……」

志津が浮かせた脚を震わせながら呻き、モグモグと肛門で舌先を締め付けた。

新吉が滑らかで甘苦い粘膜を探り、出し入れさせるように動かすと、

「アア……、もっと奥まで……」

彼女は羞恥も忘れて言い、彼の鼻先にある陰戸から白っぽく濁《にご》った淫水をトロトロと漏らしはじめた。

ようやく脚を下ろし、陰戸を舐め、黒々と艶《つや》のある茂みに鼻を擦りつけ、汗とゆばりの蒸れた匂いでうっとりと胸を満たした。

そして、かつて澄が生まれ出てきた膣口の襞をクチュクチュ掻き回してヌメリを味わい、ゆっくりと突き立ったオサネまで舐め上げていった。

「アア……、いいわ。お願い、入れて……」

志津が、すっかり高まって下腹をヒクヒク波打たせ、待ち切れないように身をよじってせがんだ。

新吉も顔を上げると、

「じゃ、最初は後ろから入れてみたいです」

言いながら志津をうつ伏せにさせた。すると彼女も興味を覚えたように、自ら四つん這いになって白く豊満な尻を突き出してきた。

新吉は膝を立てて股間を進め、後ろから先端を膣口に挿入していった。

ヌルヌルッと根元まで貫くと、尻の丸みが股間に心地よく密着した。

「アア……、すごい……！」

志津が顔を伏せて喘ぎ、新吉は腰を前後させ、向かい合わせとは微妙に異なる摩擦快感を味わった。

そして白い背に覆《おお》いかぶさり、髪の匂いを嗅いでうなじを舐めながら、両脇から回した手で豊かな乳房を揉《も》みしだいた。

ユサユサと互いの体を揺すりながら律動し、快感も高まったが、やはり彼は顔が見えず、唾液や吐息がもらえないのが物足りなかった。

後ろ取り（後背位）を充分味わってから身を起こし、ヌルッと引き抜いた。

「あう……」

快楽を中断されて呻く志津を横向きにさせると、上の脚を真上に差し上げ、彼は下の内腿に跨がりながら、再び挿入していった。

今度は松葉くずしの体位である。

「アア……」

志津が横向きで喘ぎ、新吉は彼女の上の脚に両手でしがみつきながら股間を密着させた。互いの股間が交差しているため、吸い付くように密着感が増し、律動すると局部のみならず、互いの内腿も心地よく擦れ合った。

これも試しただけで彼は引き抜き、志津を仰向けにさせると、本手《ほんて》（正常位）でみたび肉棒を突き入れていった。

身を重ねて腰を動かしはじめると、

「アア、もう抜かないで」

志津が両手でシッカリと彼にしがみつきながら喘ぎ、ズンズンと下からも股間を突き上げてきた。

動きながら新吉は屈み込み、両の乳首を吸って舐め回しては、顔中で豊満な膨らみを味わった。

左右の乳首を堪能してから腋の下にも鼻を埋め、色っぽい腋毛に籠もる濃厚に甘ったるい汗の匂いに酔いしれた。

「ま、待って……」

すると志津が突き上げを止めて言ったのだ。

「お尻の穴に入れてみて。さっき、ベロが入ったときすごく良かったので……」

もう抜かないでと言いつつ、志津は新たな欲求を口にした。

新吉は大丈夫かなと思ったが、陰間《かげま》もしていることだし、何より魔界の力があるのだから、きっと彼女も心地よくなることだろう。

彼が身を起こして一物を抜くと、志津は自分から両脚を浮かせて抱え、豊かな尻を突き出してきた。見ると陰戸から垂れる大量の淫水で、薄桃色の肛門も充分に潤っていた。

「じゃ、無理だったら言って下さいね」

新吉は言ったが、まず大丈夫だろうと、淫水に濡れた先端を蕾に押し当てた。

呼吸を計ると、彼女も口で息をして懸命に肛門を緩《ゆる》めている。

彼がグイッと股間を押しつけると、張り詰めた亀頭がズブリと潜り込んだ。

「あう、もっと奥まで……」

痛くないようで、志津がせがんだ。

新吉も、最も太い雁首《かりくび》までが入ってしまったので、あとはズブズブと難なく根元まで押し込んでいった。

さすがに膣内とは温もりと感触も異なり、入り口はきついが中は案外楽で、べタつきもなく滑らかだった。

股間が密着すると、尻の丸みが心地よく当たって弾んだ。

「アア、いいわ。強く突いて、奥まで何度も……」

志津は夢中になって肛門を収縮させ、自ら豊乳を両手で揉んだ。

さらに片方の手を空いた陰戸に這わせ、淫水の付いた指の腹で小刻みにオサネを擦りはじめたではないか。

淫らな姿に新吉も高まり、徐々に調子をつけて腰を突き動かしはじめた。

彼女も肛門の緩急《かんきゅう》の付け方に慣れてきたか、次第に滑らかに動けるようになっていった。

「ああ、気持ちいい……」

新吉も喘ぎ、志津の熟れ肌に残った最後の生娘《きむすめ》の部分を頂いて高まった。

「い、いっちゃう……。アアーッ……!」

たちまち志津が声を上げ、ガクガクと狂おしく痙攣して気を遣った。あるいは自らいじるオサネの刺激で昇り詰めたのかも知れないが、肛門内部もキュッキュッと収縮を繰り返し、続いて新吉も絶頂に達してしまった。

「く……!」

快感に呻きながら、熱い精汁をドクンドクンと勢いよく注入すると、中に満ちるヌメリで動きがさらに滑らかになった。

彼は初めての感覚を嚙み締めながら、心置きなく最後の一滴まで出し尽くしていった。

すっかり満足しながら動きを弱めていくと、いつしか志津も乳首と陰戸から指を離し、身を投げ出して荒い息遣《いきづか》いを繰り返していた。

すると、引き抜こうとする前に、肛門の収縮とヌメリで彼自身が押し出されてきた。

やがてツルッと一物が抜け落ちると、一瞬丸く開いて粘膜を覗かせた肛門も、みるみる閉じられて元の可憐な蕾に戻っていった。

四

「さあ、早く洗った方がいいわ……」

志津が、余韻に浸る間もなく息を弾ませて言い、身を起こしてきた。

フラつく彼女を支えながら新吉も立ち上がり、一緒に部屋を出て裏の井戸端へと行った。

志津が水を汲《く》み、甲斐甲斐《かいがい》しく一物を洗ってくれ、彼も内側から洗い流すようにチョロチョロと放尿した。

出し終えると志津は消毒でもするように、チロリと鈴口を舐めてくれた。

「あう……」

新吉は呻き、たちまちムクムクと回復していった。

「ね、お志津さんもゆばりを出して」

彼は簀《す》の子《こ》に座って言い、目の前に立たせた志津の股間に顔を埋めた。

まだ洗っていなかったので、恥毛には濃厚な女臭が沁み付き、彼は嬉々《きき》として嗅ぎながら割れ目を舐め回した。

「アア……、出ちゃうわ……」

刺激された志津が言うなり、間もなくチョロチョロと熱い流れがほとばしってきた。

新吉は舌に受けて味わい、美女の出したものでうっとりと喉を潤しながら完全に元の硬さと大きさを取り戻していった。

温かな流れを浴びながら淫気を高めると、間もなく放尿が終わった。

二人でもう一度水を浴び、身体を拭いて部屋の布団に戻った。

まだまだ、善兵衛と澄が戻るまでには間があるし、志津も正規の場所でとことん快楽を味わいたいようだった。

今度は新吉が仰向けになると、志津が彼の股間に屈み込んできた。

彼が両脚を浮かせ、両手で自ら尻の谷間を広げると、志津も厭《いと》わず舌を這わせてくれた。ヌルッと潜り込むと、

「あう、いい……」

新吉は快感に呻き、キュッと美女の舌先を肛門で締め付けた。

中で舌が蠢くたび、屹立した幹がヒクヒクと上下した。

やがて脚を下ろすと、志津はふぐりにしゃぶり付き、睾丸に吸い付いて袋全体を温かな唾液にまみれさせた。

せがむように一物を震わせると、さらに志津は前進して肉棒の裏側を舐め上げ、先端をチロチロと舐めてから、モグモグと喉の奥まで呑み込んでいった。

「ンン……」

先端がヌルッとした喉の奥に触れると、志津が呻いてたっぷりと唾液を出して一物を浸してくれた。そして熱い息を股間に籠もらせながらスポスポと口で摩擦し、舌をからめて吸い付き、たちまち新吉も高まっていった。

「跨いで入れて……」

言うと、志津もすぐにスポンと口を離して身を起こし、前進して一物に跨がってきた。

今日は様々な体位を試したが、やはり最後は好きな茶臼《ちゃうす》（女上位）で、美女の顔を仰ぎながら果てたかった。

志津は先端に陰戸を当て、息を詰めてゆっくりと座り込んだ。

たちまち彼自身は、ヌルヌルッと肉襞の摩擦を受けながら、熱く濡れた肉壺に根元まで嵌《は》まり込んでいった。

「アア……！」

志津が顔を仰《の》け反《ぞ》らせて喘ぎ、密着した股間をグリグリと擦りつけた。

新吉が両手を伸ばすと彼女も身を重ねてきたので、彼は膝を立てて豊満な尻を支えた。

上からピッタリと唇が重ねられ、ヌルリと舌が潜り込んできた。

彼もネットリと舌をからめ、生温かく滴る唾液をすすった。

「もっと唾《つば》を飲ませて……」

唇を触れ合わせたまま囁くと、志津もトロトロと大量に唾液を注ぎ込んでくれた。新吉が、うっとりと喉を潤しながらズンズンと小刻みに股間を突き上げはじめると、

「あう、すぐいきそう……」

志津が唾液の糸を引いて口を離し、熱く喘いで腰を動かした。

やはり、さっき果てたとは言え尻の穴では物足りず、ここで本格的に大きな快楽を得たいのだろう。

新吉はお歯黒の歯並びから熱く吐きかけられる、白粉臭《おしろいしゅう》の息を胸いっぱいに嗅ぎながら突き上げを強め、悩ましい匂いと肉襞の摩擦で急激に絶頂を迫らせていった。

大量に溢れる淫水が互いの股間をビショビショに濡らし、クチュクチュと淫らな摩擦音が響いた。

「い、いっちゃう、気持ちいい……。アアーッ……！」

やがて志津が声を上ずらせ、ガクガクと狂おしい痙攣を開始した。どうやら大きな快楽の波が押し寄せ、激しく気を遣ってしまったようだ。

吸い込まれるような収縮に巻き込まれ、たちまち新吉も二度目の絶頂を迎えて快感に貫かれた。

「く……！」

呻きながら、彼がありったけの熱い精汁をドクンドクンと勢いよくほとばしらせると、

「あう、もっと……！」

噴出を感じた志津が駄目押しの快感に呻き、キュッキュッと飲み込むようにきつい締め付けを繰り返した。

新吉は心ゆくまで快感を噛み締め、最後の一滴まで出し尽くしていった。

肛門に入れたのも新鮮な悦《よろこ》びだったが、やはりこうして女体の重みを感じながら茶臼でするのが最も好みだった。

満足しながら突き上げを弱めていくと、

「アア……」

志津も満足げに声を洩らし、徐々に熟れ肌の強《こわ》ばりを解いて力を抜き、グッタリともたれかかってきた。

新吉は彼女の重みと温もりを受け止め、まだ息づく膣内でヒクヒクと過敏に幹を震わせ、熱くかぐわしい吐息を嗅ぎながら、うっとりと快楽の余韻を味わったのだった。

収縮するたび彼も幹を震わせるので、萎《な》えかけた一物がヌメリに押し出されてきた。

「アア、抜けちゃう……」

志津が名残惜《なごりお》しげに言い、やがて彼自身はツルッと抜け落ちてしまった。

そこで、彼女も目眩《めくるめ》く時を終え、気持ちを切り替えたようだった。

「さあ、お店を開けましょう……」

彼女が言って身を起こしたので、新吉も起きてもう一度一緒に水を浴び、身体を拭いて身繕いをした。

そして店を開けると、新吉は帳場に座り、志津も入ってきた客の相手をはじめたのである。

やがて昼近くになると、善兵衛と澄も帰宅してきた。

もちろん二人とも、開店が遅れたことなど気づきもせず、善兵衛は座敷でノンビリと詰め将棋をして、澄はにこやかに客相手をした。

新吉が描いた絵も売り出すと評判になり、さらに顧客が増えたようだ。

「ね、この子の顔、描けるかしら」

澄が言い、手習い仲間だったらしい娘を指して言う。見ると、丸顔で愛くるしい顔立ちをしていた。

「いいでしょう」

新吉が言い、紙を出してスラスラと描いてやった。もちろん何割か美しく描い

てやると、

「わあ、これが私……？」

「ええ、そっくりだわ」

娘と澄が歓声を上げ、志津も覗きに来た。

「これは売れるわね」

志津が言い、他の客たちも、私を描いて、と列を成しはじめたではないか。

新吉は難なく、順々に描いてやった。

墨一色だが、唇だけ朱《しゅ》を差し、いくらも待たずに仕上がるので娘客たちは大喜びである。

いつしか善兵衛も出てきて、

「帳場は私がするから、新吉は似顔に専念してくれ」

そう言い、絵一枚は安価だが、小町屋の新たな売り物が出来たのだった。

客が途絶えると、新吉は千代の顔も何枚か描いておき、それも飛ぶように売れた。

男装の千代は娘たちの憧《あこが》れであり、客は役者絵よりも颯爽《さっそう》として美しい千代の肖像を求めてきたのだった。

「千代様の許しも得ないで大丈夫かな」

「ええ、近々私から菓子折を持って言っておきますので」

新吉が手を休めて言うと、澄が言った。

五

「いやあ、小町屋さんも良い婿を見つけたなあ」

宴席で、一同が善兵衛と新吉を見比べて口々に言った。

夕刻、新吉は善兵衛に誘われて書画会に来ていたのだ。神田にある豪華な料理屋である。

来ているのは商店主や隠居、悠々自適《ゆうゆうじてき》の粋人《すいじん》たちだ。

いずれ顔見せをしなければならないと思っていたが、髷《まげ》が結えるまで待てないので、善兵衛が新吉を連れて来たのだった。

「そうか、蔵前でなあ、二親は気の毒だった」

「焼け出されたとはいえ、もう間もなく髷も結えるだろう」

人々は言い、新吉も注がれるまま盃《さかずき》を干した。

飲む習慣はなかったが、飲んでみると旨《うま》く感じられるようになり、また魔界の力があるので悪酔いするようなこともない。

酒と料理の合間にも、人々は即興で句や歌を詠《よ》み、絵を描いたりして評し合っている。

新吉も付き合いで詠んだり描いたりすると、多大な評価を得てしまった。

「こりゃあ驚いた。何でも出来る人なんだな」

「新吉はこう見えて、腕っ節の方も大したもので、坂上道場の千代様を負かしたようです」

善兵衛も上機嫌で言い、新吉は面映《おもは》ゆいばかりだったが、みな気さくな人たちなので居心地は悪くなかった。

やがてお開きとなると、新吉は善兵衛とともに座を辞した。

日も暮れた五つ（午後八時）、町は静かで東天には居待月《いまちづき》。

外へ出て須田町へ戻っていくと、途中で同心の千之助が姿を現した。

「善兵衛どの、少し新吉さんをお借りしたいが」

千之助は、年上の善兵衛には丁寧な言葉を遣った。

「はあ、何用でしょう」

「火付け盗賊の捕縛《ほばく》に力を借りたいのです」

「どうか、危ないことには巻き込まないで下さいませ」

「ええ、話を聞くだけですので」

千之助が答えると、それじゃ、と言って善兵衛はチラと新吉を見てから、やがて一人で先に帰っていった。

その後ろ姿が見えなくなると、いきなり千之助が腰の十手を抜き、激しく新吉の額に殴りかかってきたではないか。

が、それは当たる寸前でピタリと止まり、新吉は動じることもない。

「なぜ避けぬ」

「本気でないと分かっていたからです」

身構えたまま千之助が言うと、新吉は笑みを含んで静かに答えた。

「ふん、小癪《こしゃく》な」

千之助は言うなり、今度は本気で鋭い攻撃を仕掛けてきた。

それを新吉は間一髪で避け、続けざまの打突《だとつ》をヒラリヒラリと最小限の動きでかわした。

やがて、千之助は諦《あきら》めたように得物《えもの》を下ろした。

「よ、止《よ》そう、千代先生でも敵《かな》わなかったのだからな」

千之助が息を弾ませて言い、十手を帯に戻した。

「それで、お話とは」

「蔵前の紙屋に、盗賊の手引きをするような奉公人はいなかったし、お前が、本当に絵草紙屋の一人息子に間違いないということは、よく分かった」

新吉が言うと、千之助は答えながら一緒に須田町の方へと歩きはじめた。

「蔵前の寺から神田の間にある何軒かの口入れ屋でも、お前らしきものが仕事の口を探し歩いていたことも聞き込みで分かった」

「ええ、本当に私が新吉ですので」

「ただ分からんのは、どうして虚弱なお前が急に強くなったかだが、天狗の話などはもうするな」

「ええ、恐らく二親が私の行く末を案じ、あの世から力をくれたのでしょう」

「結局、そういう話になるようだな。お前の体つきを見ても、素破として鍛錬《たんれん》してきたとはとても思えぬし、神がかったとしか納得の仕様がない」

「ええ、自分でもよく分からないのです」

「とにかく、盗賊の手引きでもなければ悪人でもない。ならば手伝ってほしい」

千之助が彼を見て言う。

「此度《こたび》の盗賊は、皆殺しのうえ火付けをするという荒っぽい連中だ。またやられて高飛びでもされたらお上《かみ》の威光は丸つぶれだ。次こそ一網打尽にしたい。それには猫の手も借りたいのだ」

「はあ、私にとっても二親の敵《かたき》ですので、私に出来ることであれば何でも」

「そうか、力を貸してくれるか。助かる。実は千代先生にもお願いしたところなのだ」

千之助が言うと、やがて須田町に入り、小町屋が見えてきた。

「分かりました。夜回りでも何でも手伝います。善兵衛さんとお志津さんにも、私が何かと出かけることを言っておきますので」

「ああ、頼む」

千之助が答えると、新吉は辞儀をして小町屋に戻っていった。

もちろんみな起きて彼の帰りを待っていた。

「おお、何のお話だった」

「ええ、盗賊の捕縛を手伝ってくれとのことです」

善兵衛に訊かれ、新吉は皆を見回して答えた。

「そんな、危ないことを……」

「いえ、私は大丈夫です。千代様も手伝うとのことだし、私も親の敵を討ちたい気持ちがあるので」

新吉は、皆を安心させるよう笑顔で言った。

「まあ、確かに盗賊が捕まらないことには安心して眠れないしな。うちは小さな店だが、両隣は大店《おおだな》だ。蔵前の絵草紙屋のように火が回ってきたら困る」

「はい、昼間でも、瓜生様の呼び出しがあったら出なければなりません。せっかく似顔が評判になったのに申し訳ないのですが」

善兵衛が言うのに新吉は答え、とにかく、くれぐれも気をつけるということで話は終わった。

やがて夫婦は寝間に戻り、新吉も澄と一緒に離れに入った。

「恐いわ……」

「ああ、大丈夫」

澄が言い、彼は寝巻に着替えて一緒に横になった。

どうやら今宵《こよい》は彼のことが心配で、澄も気疲れしたように求めては来ず、腕枕してやると間もなく無心に眠ってしまった。

と、澄の反対側にいきなり仄香《ほのか》が現れ、真ん中の彼を挟み付けてきた。

「盗賊は、どうやら手練《てだ》れの食《く》い詰《つ》め浪人たちらしいわ」

仄香が耳元で囁く。

どうやら澄には聞こえず、目を覚ましたとしてもその姿は見えないだろう。

「近在の荒れ寺を根城にして、千代さんが言った通り、あと一回大仕事をしたら高飛びするつもりらしい」

「そう、そこを狙って一網打尽に……」

「それに、新たな仲間に、ここにいた番頭も加わっているの」

「え？　市助さんが……？」

新吉は思わず言ったが、澄は深い眠りに就《つ》いている。

「フラついているところを連中に拾われ、見張り役に取り立てられたみたい」

「確かに、自棄《やけ》になって度胸が付けば、何でもしでかしそうだな。一度はお澄さんを刺して、自分も死ぬ覚悟だったんだから……」

「一網打尽は良いけれど」

「ええ、私は市助さんには同情しているので、何とか助けたいです」

新吉は言った。

何しろ自分がここへ転がり込んできたために、市助は自分のしでかしたこととはいえ、ここを飛び出す羽目《はめ》になったのである。

「ならば根城を襲うより、連中が行動を起こした混乱の中で、引き離して説得する方が」

仄香は、新吉の気持ちをよく分かってくれていた。

「それが良いようです」

「では、奴らが動くと分かったら報《しら》せましょう」

仄香は言った。

何でも出来る魔界の女だが、手伝いは最小限にし、人のことは人同士で決着を付けろということなのだろう。

「分かりました。では力を下さい」

新吉は言い、仄香の唇を求めた。

彼女に言わせれば、もう充分に力はついているのだろうが、どうにも新吉は念のため力を補《おぎな》っておきたいのである。

仄香も厭わず唇を重ね、トロトロと温かな唾液を注いでくれた。

新吉は仄香の甘い息を嗅ぎ、唾液を飲み込みながら激しく勃起した。

もちろんここで仄香と情交するわけにはいかないし、せっかく眠っている澄を起こす気もない。

ただ力を蓄え、親の敵を討つため気を高めるにとどめた。

やがて仄香は唇を離して姿を消してゆき、新吉も大人しく澄を抱きながら眠りに落ちていったのだった……。

第五章　二人分の蜜と温もり

一

「前から、一度お澄も交えてしてみたかった」

千代が、新吉と澄を見て言った。

道場内の、彼女の部屋である。今日は朝から千代の呼び出しを受けて、新吉は習いごとにかこつけた澄と一緒に来ていたのだった。

千代の父親は、今日は剣術仲間たちに介添《かいぞ》えされて上野《うえの》へ紅葉狩《もみじが》りに行ってしまったようで道場は他に誰もいなかった。

部屋にはすでに床が敷き延べられている。

千代は、捕り物の相談ではなく、激しい淫気に突き動かされて二人を呼んだようだった。

「お澄、構わぬか」

「ええ、千代様なら構いません」

千代が言うと、澄も笑窪《えくぼ》の浮かぶ頬を上気させて答えた。

どうやら澄も、男だったら一緒になっても良いと思っていた男装の千代だから、妬心《としん》や独占欲などは湧かず、新吉に触れても許せるようだった。

それに、まだ祝言《しゅうげん》前の自由気ままな時で、澄も好奇心が旺盛《おうせい》なのだろう。

そして千代も、元々二刀流のようなものだから、可憐《かれん》な澄にも淫気を覚えていたようだった。

(三人で……?)

新吉は、期待と興奮で激しく股間を突っ張らせていた。

「では脱ごう」

千代が言い、自分から袴《はかま》の前紐《まえひも》を解きはじめた。

ためらいなく澄も脱ぎはじめると、新吉も手早く全裸になっていった。

千代の欲望で始まったことだが、澄も全く嫌そうでなく乗り気な様子なので、新吉は遠慮なく淫気を全開にさせていた。

先に布団に仰向けになると、たちまち女たちも一糸《いっし》まとわぬ姿になった。

部屋の中に、二人分の混じり合った熱気が籠もり、甘ったるく立ち籠めた。

「このように勃《た》って……。触れても構わぬか」

「ええ、いちいち私に断らなくても結構ですので」

「そうか、では肝心なところは後回しにしようか」

女二人がヒソヒソと話し合い、何やら新吉の意向など構わぬようで、彼は自分が二人の快楽の道具にされているような興奮を得た。

すると二人は、まだ一物《いちもつ》には向かわず、同時に彼の左右の乳首に吸い付いてきたのだ。

「あう……」

両の乳首を舐められ、新吉はビクリと反応して呻《うめ》いた。やはり二人がかりで愛撫されると、感じ方も倍以上のようである。

二人は左右の乳首に舌を這わせ、熱い息で肌をくすぐりながら、お行儀悪く音を立てて吸い付いた。

「か、嚙んで……」

さらなる刺激を求めて彼が思わず言うと、二人も綺麗な歯並びでキュッキュッと両の乳首を嚙んでくれた。

「ああ、気持ちいい。もっと強く……」

新吉がせがむと、二人もやや力を込めて乳首を噛み、さらに脇腹や下腹にもキュッと歯を食い込ませてくれた。

彼は何やら二人の美女に全身を食べられていくような快感に包まれ、一物に触れられる前に暴発しそうなほど高まってきた。

もちろん思わず暴発しても、仄香《ほのか》から新たな気をもらっているので何度でも出来ることだろう。

それにしても実に贅沢《ぜいたく》な快感で、大店《おおだな》の隠居がいくら遊女に金を積んでも、二人一度など滅多に出来ないに違いない。しかも新吉の相手は遊女ではなく、武家娘と小町娘である。

二人は腰から彼の脚を舐め下りていった。千代がすると、それを真似《まね》て澄も同じようにしてくれるのである。

新吉は二人に両足の裏を舐められ、爪先までしゃぶられた。まるで彼が日頃している愛撫である。

「あう、そんなことしなくても……」

彼が言っても、二人は全ての指の股に舌を割り込ませてきた。

どうやら新吉を感じさせるというより、女二人で一人の男を隅々まで賞味しているようだ。

彼は生温かなヌカルミを踏むような心地で、たちまち両足とも清らかな唾液にまみれた。やがて千代が顔を上げると彼を大股開きにさせ、二人で脚の内側を舐め上げてきた。

内腿にもキュッと歯が立てられ、刺激されるたび屹立《きつりつ》した一物がヒクヒクと上下し、先端から粘液が滲《にじ》んだ。

すると千代が新吉の両脚を浮かせ、尻の谷間を舐めてくれた。

澄も尻の丸みに舌を這わせ、歯を食い込ませている。

チロチロと蠢《うごめ》く舌がヌルッと潜り込むと、

「く……」

新吉は快感に呻き、キュッと肛門で千代の舌先を締め付けた。千代が中で舌を蠢かせ、引き離すとすかさず澄が同じように潜り込ませてきた。

「アア、気持ちいい……」

立て続けだと、二人の舌の感触や蠢きの違いが分かり、いかにも二人にされている実感が湧いた。

ようやく脚が下ろされると、二人は頬を寄せ合い、混じり合った息を熱く股間に籠もらせながら、同時にふぐりにしゃぶり付いてきた。

睾丸がそれぞれの舌で転がされ、たちまち袋全体が唾液にまみれた。

女同士の舌が触れ合っても、二人は一向に気にしないようだ。

そしていよいよ二人は前進し、肉棒の裏側と側面をゆっくり舐め上げてきた。

滑《なめ》らかな舌が先端まで来ると、やはり先に千代が粘液の滲む鈴口《すずぐち》を舐め回し、次に澄が同じようにした。

二人の舌がいつしか同時に張り詰めた亀頭に這い回り、やがてスッポリ含んでは、吸い付きながらチュパッと離し、それが交互に繰り返された。

やはり口の中の温もりや舌の蠢きが微妙に異なり、そのどちらにも感じながら新吉は絶頂を迫らせてしまった。

「い、いきそう……」

思わずいっても、二人は夢中になって一物を貪《むさぼ》り合っている。

見れば、何やら美しい姉妹が太い千歳飴《ちとせあめ》でも一緒に舐めているようだ。

「いく……。アアッ、気持ちいい……！」

とうとう新吉は、激しい絶頂の快感に貫かれて喘《あえ》いだ。

同時に、熱い大量の精汁が勢いよくほとばしった。

最も濃い第一撃は、ちょうど含んでいた澄の喉の奥を直撃した。

「ンンッ……」

噴出を受けた澄が呻くと、すぐに千代がどかせて亀頭をくわえ、上気した頬をすぼめて余りの精汁を吸い出した。

「アア、すごい……」

チューッと吸い付かれると、何やらふぐりから直《じか》に吸い出されているようで、彼は魂《たましい》まで抜かれそうな快感に喘いだ。

全て出しきると、彼は満足しながらグッタリと身を投げ出した。

千代も摩擦と吸引を止《や》め、亀頭を含んだまま口に溜まった精汁をゴクリと飲み込んだ。

「あう……」

キュッと締まる口腔《こうこう》の刺激で、彼は駄目押しの快感を得て呻いた。

ようやく千代が口を離すと、なおも余りを絞るように幹をニギニギし、鈴口から滲む白濁《はくだく》の雫《しずく》まで、澄と一緒にチロチロと舐め取ってくれた。もちろん澄も、口に飛び込んだ第一撃は飲み干している。

「あうう、もう……」

新吉は呻いて言い、降参するようにヒクヒクと幹を過敏に震わせた。

二人も顔を上げ、ようやく幹から指を離した。

「今度は私たちにして」

千代が言って、澄と並んで仰向けになったので、新吉は身を起こした。

逞《たくま》しい千代と可憐な澄が、全裸で横たわる姿は実に壮観である。

新吉は射精直後の余韻に浸る暇もなく、まずは二人の胸に屈《かが》み込んだ。

それぞれの乳首を順々に含んで舐め回し、膨《ふく》らみを顔中で味わうと、

「アア……」

二人は熱く喘ぎ、クネクネと身悶《みもだ》えはじめた。

二人分の乳首を味わってから、彼は腋《わき》の下にも鼻を埋《うず》め、二人の腋毛に籠もる甘ったるい汗の匂いに酔いしれた。

体臭も微妙に異なり、新吉はどちらにも興奮を高めた。しかも混じり合うと濃厚な刺激となり、彼は噎《む》せ返るほどに胸を満たした。

そして肌を舐め下り、平等に愛撫しながら腰から脚を舌でたどった。二人の足裏を舐め、それぞれの指の股にも鼻を割り込ませて蒸《む》れた匂いを貪った。

二人とも指の股はジットリと汗と脂《あぶら》に湿り、ムレムレの匂いが沁み付いて鼻腔が刺激された。

爪先にもしゃぶり付き、脚の内側を舐め上げていくと、新吉はやはり姉貴分の千代の股間から先に顔を埋め込んでいった。

茂みに鼻を擦《こす》りつけ、汗とゆばりの蒸れた匂いに酔いしれながら舌を這わせると、何と澄が身を起こし、一緒に千代の股間に顔を寄せてきたのだった。

二

「私も見たいわ」

澄が言って新吉に頬を寄せ、一緒になって股間に目を凝《こ》らすと、千代は二人分の顔を抱え込むように、さらに大股開きになった。

「こうなっているの……。大きいわ、千代様のオサネ」

澄が興奮に息を弾ませて言った。

もちろん自分の陰戸《ほと》を鏡で見たことはあるだろうが、人の陰戸を見るのは初めてだろう。

何しろ湯屋で正面から見るのと違い、割れ目が丸見えになっているのである。

「アア……、そんなに見ないで……」

千代は、二人分の熱い視線と息を股間に受け、女らしく喘いだ。

新吉が濡れた膣口を舐め回し、大きなオサネまで舐め上げていくと、澄も興奮の高まりに任せ、一緒に舌を這わせたのだ。

「あう、お澄も舐めているの……」

千代が二人分の舌を感じて呻き、トロトロと大洪水のように淫水を漏らした。

澄も、別に匂いも味も嫌ではなさそうにチロチロとオサネを舐め、さらに新吉は千代の両脚を浮かせて尻の谷間に鼻を埋めた。

艶《なま》めかしく僅《わず》かに突き出た蕾《つぼみ》に籠もる蒸れた匂いを嗅《か》ぎ、舌を這わせてヌルッと潜り込ませると、澄も空いた陰戸全体を舐め回していた。

「ああ……、すごい……！」

千代が浮かせた脚をガクガクと震わせ、今にも気を遣《や》りそうなほど声を上ずらせた。

「い、入れたい……！」

たちまち高まった千代が口走ると、新吉と澄は彼女の股間から離れた。

気が急《せ》くように身を起こした千代が新吉を布団に押しやり、再び彼は仰向けになった。

もちろん彼自身は、すっかり回復して元の硬さと大きさを取り戻していた。

千代は新吉の股間にヒラリと跨《また》がり、先端に濡れた陰戸を押し当て、息を詰めて味わうようにゆっくり腰を沈み込ませていった。

たちまち彼自身は、ヌルヌルッと根元まで呑み込まれ、彼女の股間がピッタリと密着した。

そんな様子を覗《のぞ》き込んでも、澄は妬心を抱かず、自分の番を待つように新吉に添い寝してきたのだった。

「アア……、いい……」

千代は上体を反らせて喘いだが、すぐにも身を重ねてきた。

新吉も締め付けと摩擦、温もりと潤《うるお》いを感じながら、上からのしかかる千代と横にいる澄の両方を抱き留め、膝を立てて千代の尻を支えた。

すると上から千代が彼に唇を重ね、何と脇から澄も割り込むようにして舌を這わせてきたのである。

新吉は、二人分の舌を舐め、混じり合った息で顔中を湿らせた。

これも、何とも贅沢な快感である。

それぞれ滑らかに蠢く二人の舌を舐め回し、滴《したた》る唾液をすすってうっとりと喉を潤した。

「唾《つば》を、もっと沢山《たくさん》出して……」

新吉が言うと、二人も懸命に分泌させ、白っぽく小泡混じりの唾液をトロトロと注ぎ込んでくれた。

彼は二人分の唾液を味わい、飲み込んで酔いしれながらズンズンと股間を突き上げはじめた。

「アア……。い、いきそう……」

千代が唾液の糸を引いて喘ぎ、合わせて腰を遣《つか》いはじめた。

新吉も徐々に突き上げを強め、肉襞の摩擦に高まりながら、二人の顔を引き寄せて混じり合った吐息を貪った。

千代の肉桂臭《にっけいしゅう》と、澄の果実臭、それに乾いた唾液の匂いが混じり、これも二人分だと何とも濃厚に鼻腔が刺激された。

たちまち彼は、二人分の悩ましい吐息の匂いで胸を満たしながら、激しく二度目の絶頂を迎えてしまった。

「い、いく……！」

彼が口走り、ありったけの熱い精汁をドクンドクンと勢いよく噴き上げると、

「き、気持ちいい……。アアーッ……！」

奥深くに噴出を感じた千代も声を上げ、ガクガクと狂おしく痙攣《けいれん》しながら気を遣ってしまった。

収縮の増す膣内で新吉は快感を嚙み締め、二人の吐息を嗅ぎながら心置きなく最後の一滴まで出し尽くしていった。澄も、千代の凄《すさ》まじい絶頂の様子に目を見張り、横からピッタリと身を寄せていた。

すっかり満足しながら新吉が突き上げを弱めていくと、

「アア……」

千代も声を洩らし、グッタリと力を抜いてもたれかかってきた。

「何と心地よい……。いま攻撃されたら誰にも敵《かな》わぬ……」

彼女は、まるで男に戻ったように言い、いつまでもキュッキュッと膣内を締め付けていた。

その刺激に、彼自身が中でヒクヒクと過敏に跳ね上がり、新吉は二人分の温もりに包まれ、混じり合った息の匂いを嗅ぎながら、うっとりと余韻に浸り込んで

いったのだった。

千代は荒い息遣いを繰り返していたが、待っている澄に済まぬと思ったか、やがてそろそろと身を起こし、股間を引き離していった。

「さあ、お澄がするといい」

「そ、そうすぐには出来ませんので、一度水を浴びませんか」

千代が言い、新吉は答えながら身を起こした。実際は何度でも立て続けに出来るのだが、そう簡単に回復しては変に思われる。

「ああ、それもそうだな。少し休んでくれ」

千代も納得し、三人で立ち上がると全裸のまま部屋を出て裏の井戸端へと移動していった。

水を汲《く》んで股間を洗い流すと、もちろん新吉は例のものを求めてしまった。

「二人で立って、私の肩を跨いで下さい」

簀《す》の子《こ》に座って言うと、二人も素直に彼の左右から肩に跨がり、顔に股間を突き出してくれた。

「どうかゆばりを」

言って二人の太腿を抱え込み、左右交互に陰戸を舐めると、

「アア……」

千代が喘ぎ、すぐにも新たな淫水を漏らしてきた。

まだ流していない澄の割れ目も舐め、悩ましい汗とゆばりの蒸れた匂いを貪ると、たちまち彼自身はムクムクと回復していった。

「あう、いっぱい出そう。溺《おぼ》れぬように……」

すぐにも千代が尿意を高めて言うなり、間もなくシャーッと勢いよくほとばしらせてきた。

後《おく》れを取らぬよう澄も懸命に息を詰め、間もなくチョロチョロとか細い流れを漏らしてくれた。

新吉は温かな流れを全身に浴び、それぞれの陰戸に舌を伸ばして味わった。

匂いも混じり合うと濃厚に鼻腔が刺激され、彼は喉を潤しながら二人分を交互に貪った。

あとから出したのに、先に澄の流れが治まり、彼はポタポタ滴る余りの雫をすすり、可愛い陰戸を舐め回してやった。

「あん……」

感じた澄が喘ぎ、ガクガクと膝を震わせた。

ようやく千代の流れも勢いが衰え、やがて治まってしまった。

新吉は残り香の中で二人の割れ目を念入りに舐め回し、待ち切れないほど回復していった。

やがて顔を離すと、もう一度三人で全身を洗い流し、身体を拭いて部屋の布団へと戻った。

「私も、お澄の陰戸が見たい」

千代が言い、澄を仰向けに横たえて股間に顔を迫らせた。

「何と綺麗な花びら。オサネも小さい……」

千代は目を凝らし、堪《たま》らずにチロチロと小粒のオサネを舐め回しはじめた。

「アアッ……、千代様……」

澄がビクッと顔を仰《の》け反《ぞ》らせて喘ぎ、新吉は女同士のカラミに激しく興奮を高めた。

澄が別の男にされるのは困るが、千代ならば構わない。恐らく澄も、同じ気持ちで彼と千代の交接を許したのだろう。

「私のオサネなら、入るかも知れぬ」

充分に舐めてから千代が言い、身を起こして股間を迫らせた。

そして陰戸同士を擦り合わせ、大きなオサネを割れ目に挿《さ》し入れた。

乳首より大きいとはいえ、無理と思ったが、それでも浅く入ったようだ。

「ああ、何と心地よい。女を犯すとは、このようなものか……」

千代が腰を動かして喘ぎ、互いの接点からピチャクチャと淫らに湿った音が聞こえてきたのだった。

三

「さあ、新吉、お澄に入れてやると良い。そうだ、私の上で」

千代が股間を引き離して言い、澄を起こして自分が仰向けになった。

そして新吉を、自分の体の上に重ねて仰向けにさせたのである。

「大丈夫ですか」

新吉も言いながら、素直に千代の上に身を預けた。

「何の、二人とも小柄だし私は頑丈に出来ている」

千代が新吉の耳元で言い、彼は背に当たって弾む千代の乳房の弾力と、腰に当たる茂みに興奮を高めた。

「さあ、お澄も跨がって」

言われて、澄も恐る恐る新吉の股間に跨がり、先端に濡れた陰戸を押し当て、そろそろと腰を沈み込ませていった。

「アアッ……！」

ヌルヌルッと根元まで受け入れると、澄が喘いで股間を密着させた。

新吉は両手を伸ばして澄を抱き寄せ、一番下では千代が二人分の重みを受け止めて息と肌を弾ませた。

すると、新吉の尻の穴に違和感があったが、どうやら千代が大きなオサネを押し当ててきたようだ。

体の仕組みや角度からして有り得るのだろうかとも思ったが、あるいは仄香が力を貸してくれたのかも知れない。

浅く潜り込んだオサネをモグモグと味わうように締め付けると、

「アアッ……」

耳元で千代が喘ぎ、下から二人分の体を抱きすくめてきた。

どうやら三人が一つになり、彼は背と胸に二人の乳房を感じながら小刻みに腰を突き動かしはじめた。

「ああ……、いい気持ち……」

上で澄も熱く喘ぎ、膣内の収縮と潤いを増していった。

新吉は、澄の顔を引き寄せて唇を重ね、執拗《しつよう》に舌をからめては清らかな唾液で喉を潤した。

「アア。い、いきそう……」

澄が口を離し、甘酸っぱい息を弾ませて喘いだ。最初から強烈だった三人での行為に、すっかり下地が出来上がっていたのだろう。

新吉も上下から柔肌に挟まれ、次第に突き上げを強めながら高まった。

上からの澄の果実臭の息と、肩越しに感じる千代の肉桂臭の息に酔いしれ、急激に絶頂が迫ってきたのだ。

そして下の千代も、二人の快感が伝わってくるように、

「アア、こんな気持ち初めて……」

必死に彼の肛門にオサネを押しつけながら喘ぎ、三人ともがガクガクと身悶えていた。

新吉の尻には千代の、股間には澄の恥骨の膨らみがコリコリと伝わり、たちまち彼は悩ましい匂いと温もりの中で絶頂に達してしまった。

「い、いく。気持ちいい……！」

突き上がる快感に口走り、彼はありったけの精汁を澄の中に放った。

「いいわ……。アアーッ……！」

噴出を感じた澄が喘ぎ、ガクガクと狂おしい痙攣を開始すると、下の千代も、

「いく……、溶ける……！」

口走り、二人分の重みを受けながら激しく気を遣った。

新吉は澄の中に心置きなく精汁を搾《しぼ》り出し、快感を噛み締めた。

やがて出しきると、すっかり満足しながら突き上げを弱め、力を抜いて千代に身体を預けた。

すると上の澄も下の千代も、

「アア……」

満足げに声を洩らし、肌の強《こわ》ばりを解いてグッタリとなった。

まるで、重なった三人が溶けて混じり合いそうである。

新吉は、まだキュッキュッと息づく澄の中でヒクヒクと過敏に幹を震わせ、二人分の温もりと息の匂いに酔いしれながら、うっとりと快感の余韻に浸り込んでいったのだった。

やがて三人で充分に呼吸を整えると、身を離して再び三人で井戸端へ行き、水を浴びた。

もう昼近くだから三人は大人しく身繕《みづくろ》いをし、新吉と澄は千代を残して小町屋へと帰っていったのだった。

四

「もう、そろそろ髷《まげ》が結えるな」

親子四人揃っての昼餉《ひるげ》の時、善兵衛が新吉の髪を見て言った。

確かに、だいぶ伸びてきたので、もう無理すれば何とか結えるかも知れない。

「お志津、結ってやれ。なあに、少々短めでも構わん。少しの間なら私とお澄だけで店は大丈夫だ。私は夕方に寄り合いに行って、次の吉日に祝言《しゅうげん》を挙げると皆に言っておこう」

善兵衛は気が急くように言い、段取りを思い描いて浮かれていた。

「次の吉日って、明後日《あさって》ですよ」

「ああ、すでに祝言が近々とは皆に言ってあるし、暇人《ひまじん》ばかりだから急でも何てことはないだろう」

善兵衛は言い、やがて一同は昼餉を終えた。

「忙しくなるわ。明日にもお花の先生に、お世話になったご挨拶《あいさつ》に行かないと」

澄も浮かれ気味に言い、善兵衛と店に出ていったので、新吉と志津は風呂場に行った。

新吉が着物を脱いで下帯《したおび》一枚になると、

「それも脱いで、濡れるから」

志津が熱っぽい眼差《まなざ》しで言った。店が立て込む刻限なので、善兵衛と澄が中に戻ってくることはないだろう。

新吉も期待に股間を熱くさせ、下帯まで全て脱ぎ去り、風呂場の木の腰掛けに座った。

志津は裾《すそ》を端折《はしよ》り、櫛《くし》で彼の髪を梳《す》き、水に濡らしてから、まずは剃刀《かみそり》で月代《さかやき》を剃《そ》ってくれた。

肩越しに感じる、志津の白粉臭《おしろいしゅう》の吐息と、甘ったるい体臭で鼻腔を刺激され、彼自身はムクムクと最大限に勃起してしまった。

昼前には三人で濃密に戯《たわむ》れたのに、やはり魔界の気の力だろう。

それに三人での行為は最高だったが、それは滅多にない祭のようなもので、秘め事というのは一対一の密室が最高なのだと思うと、どうにも淫気が高まってしまったのだ。

「まあ、そんなに元気になって……」

志津も肩越しに見下ろして気づき、言いながらもまずは仕事を優先させた。

月代を剃り上げると、頬や顎《あご》の髭《ひげ》も当たってくれ、やがて髪を束ねて町人髷に結ってくれた。

髪の紙縒《こよ》りの元結《もとゆ》いをキュッと締め、

「いい男ぶりだわ」

志津は惚《ほ》れ惚《ぼ》れと見ながら、彼に手鏡を向けてくれた。

見てみると、絵草紙屋の頃よりも顔の色艶《いろつや》や肉づきの良くなった自分が、以前よりずっと垢抜《あかぬ》けて映っていた。確かにまだ髷は短いが、ザンバラよりはずっとマシである。

志津は手早く剃刀を洗うと、

「しゃぶらせて……」

豊かな頬を上気させて囁《ささや》いてきた。

新吉も勃起したまま身を起こし、風呂桶《ふろおけ》に寄りかかって股を開いた。

入れ替わりに志津が腰掛けに座り、顔を寄せて幹を両手で挟み、ヌラヌラと鈴口を舐め回してくれた。

さらに張り詰めた亀頭にしゃぶり付き、スッポリと喉の奥まで呑み込むと、幹を丸く締め付けて吸い、口の中ではクチュクチュと舌をからみつかせた。

「ああ、気持ちいい……」

新吉は喘ぎ、志津の口の中で唾液にまみれた幹をヒクつかせた。

「私も舐めたい」

すっかり高まった彼が言うと、志津も口を離して身を起こし、さらに裾をからげ、白くムッチリした太腿を付け根まで露《あら》わにさせた。

また彼は腰掛けに座り、志津を風呂桶に屈ませ、尻を突き出させた。

両の親指でグイッと豊満な谷間を広げ、薄桃色の蕾に鼻を埋め込んで蒸れた匂いを嗅ぎ、舌を這わせてヌルッと潜り込ませた。

そう、すでに無垢《むく》なここにも挿入したのである。

「あう……、いい気持ち……」

微《かす》かに甘苦く滑らかな粘膜を舌で探ると、志津が呻き、モグモグと肛門で舌先を締め付けた。

新吉は充分に舌を蠢かせてから、いったん顔を離し、志津を向き直らせた。

そして片方の足を浮かせ、風呂桶のふちに乗せさせると、開いた股間に顔を埋め込んだ。

黒々と艶のある茂みに鼻を擦りつけ、隅々に籠もって蒸れた汗とゆばりの匂いを貪りながら、舌を挿し入れて柔肉を探ると、すでにそこは熱い大量の淫水が溢《あふ》れていた。

舌でヌメリを掬《すく》い取るように舐め、かつて澄が生まれ出た膣口の襞を掻き回してから、ツンと突き立ったオサネまで舐め上げると、

「アア……」

志津がうっとりと喘ぎ、新たな淫水を漏らしてきた。

「すぐ入れたいわ……」

彼女が待ち切れないように言う。やはり二人で長く風呂場に籠もるのも変なので、気が急くのだろう。

新吉も顔を離し、簀の子に座って壁に寄りかかった。

志津も裾をまくったまま跨がり、しゃがみ込んできた。先端に陰戸を当てて位

置を定めると、ゆっくり腰を沈め、ヌルヌルッと滑らかに根元まで呑み込んでいった。

「アア……、いい……」

志津が股間をピッタリと密着させて喘ぎ、それでも大きな声が出てしまわぬよう気遣い、耳は油断なく店の方に向けているようだ。

新吉も肉襞の摩擦と温もりに包まれ、快感を味わいながら両手で彼女を抱きすくめた。

やはり、誰憚《はばか》ることなく抱ける澄と違い、その母親と人目を忍んで交わるのは格別だった。

彼女の、豊かで魅惑的な乳房が味わえないのは残念だが、全部脱ぐわけにいかないので仕方がない。また祝言後でも、こっそり味わえるときが何度となく来ることだろう。

その代わり熱烈に唇を重ね、ネットリと舌をからめて温かな唾液をすすった。

「ンンッ……!」

志津が熱く呻いて新吉の舌を吸い、熱い息で彼の鼻腔を湿らせた。

そしてしゃがみ込んだまま股間を上下させはじめたので、彼もしがみつきながらズンズンと股間を突き上げた。

「アア、すぐいきそうだわ……」

志津が言い、新吉も熱く湿り気ある白粉臭の吐息に高まった。

新吉が彼女の喘ぐ口に鼻を押し込み、かぐわしい熱気を胸いっぱいに吸い込みながら絶頂を迫らせると、

「い、いく……。アアッ！」

志津はヒクヒクと痙攣を起こしながら、慌てて自ら手のひらで口を覆《おお》った。

「ク……、ンンッ……！」

声を抑えて呻きながら狂おしく身悶え、激しく気を遣ってしまった。

その収縮に巻き込まれ、続いて新吉も本日何度目かの絶頂に達した。

「いく、気持ちいい……」

新吉は口走りながら快感に貫かれ、ドクンドクンと熱い精汁を熟れた肉壺の中に注入した。

「あう……！」

噴出を受け止めた志津が、駄目押しの快感に呻き、キュッと締め上げた。

新吉は快感を嚙み締め、最後の一滴まで出し尽くしていった。

満足しながら突き上げを止めていくと、

「ああ……、良かったわ……」

志津も口から手を離して言い、熟れ肌の強ばりを解いてもたれかかった。

まだ膣内は名残惜《なごりお》しげな収縮が繰り返され、中で幹がヒクヒクと過敏に跳ね上がった。

そして向かい合わせにしがみつきながら、彼は志津の熱く甘い吐息で鼻腔を刺激され、うっとりと余韻を味わったのだった。

「さあ、戻らないと……」

志津は呼吸を整えると言い、そろそろと股間を引き離した。そして残り湯を汲んで陰戸と、彼の一物を手早く洗ってくれた。

やがて新吉は、出してくれた新たな下帯を着けると、志津が裾を直して店に出ていったので、彼は着物を持って離れに戻ってから身繕いした。

と、そこへ仄香が姿を現したのである。

「今宵《こよい》、お隣の呉服問屋《ごふくどんや》が襲われるわ」

仄香が言い、新吉は目を丸くした。

「え……、では瓜生様に報《しら》せないと。いや、なぜ知ったかと訊《き》かれるな。そこは何とか、巧《うま》く言うことにします」

彼が答えると、仄香は頷《うなず》き、すぐに姿を消してしまった。

やがて新吉が店に出ると、

「おお、結えたか。男っぷりが上がったな」

善兵衛が彼を見て上機嫌に言い、澄も顔を輝かせて彼を見つめた。

新吉は面映《おもは》ゆい思いで、女客に頼まれた似顔を描き、日が傾くまで店の仕事をしたのだった。

やがて志津が夕餉の仕度で厨《くりや》に引っ込み、間もなく店仕舞いの刻限になった。

すると、そこへ千之助が千代を伴って顔を見せたのだ。

どうやら、仄香の報せを伝えに行く手間が省けたようだ。

「ちょっと出てきます」

新吉は善兵衛と澄に言い、店の外に出た。

「髷を結ったか、似合うぞ」

千代が言い、熱っぽい眼差しを新吉に向けてきた。

すると千之助が、太い眉を段違いにして空を見上げた。

「風が強くなってきた。今宵あたり、火を放たれると厄介《やっかい》だ」

「ええ、私も胸騒ぎがしていたのです」

千之助が言い、新吉も重々しく答えた。

「そうか、では夜回りに加わってくれるか」

「もちろんです」

彼が答えると、千之助は千代に呼子《よびこ》を手渡した。

「五つ（夜八時頃）から、二人で組になって見回ってくれ。何かあれば笛を」

千之助が言い、千代も受け取った。今までの盗賊《とうぞく》の仕事ぶりから、その刻限以降なのだろう。

「千代先生、くれぐれもお気をつけて」

千之助が、千代に言った。

「承知」

「自分だけで斬《き》り結ぼうとせず、必ず報せを」

「ああ、くどい。分かっている」

千代が手を振って答えた。どうやら千代は実際に人を斬ってみたくて仕方がないようで、それを千之助が危ぶんでいるのだろう。

「では五つにここへ来る」

千代が言うと新吉は頷き、二人は歩き去っていった。

新吉も中に入って店仕舞いを手伝い、やがて四人で夕餉を囲んだ。

「今宵、見回りを手伝うことになりましたので」

彼が言うと、善兵衛と志津、澄は心配そうにしながらも、頷いてくれた。

新吉は刻限まで離れで体を休めることにし、澄も今宵は母屋《おもや》の部屋で過ごすようだった。

そして五つ、戌《いぬ》の刻の鐘《かね》の音が遠くで鳴りはじめると、新吉は皆に言い置いて家を出た。

すると、鐘が鳴り終える前に千代が姿を現し、近づいてきたのだった。

五

「行くか」

「ええ、でもこの界隈《かいわい》が危うい気がするのです」

歩き出そうとする千代に言い、新吉は彼女と一緒に路地に身を隠した。

「確かに、我らや役人たちが徘徊《はいかい》していては、賊も諦《あきら》めてしまうだろうな」

「ええ、隠れて待つのが良策と思います」

「分かった」

「人が斬りたいのでしょうが、峰打ちか、手傷を負わせる程度にして下さいね。捕縛《ほばく》後の取り調べがあるでしょうから」

「ああ、瓜生殿からも言われている。くれぐれも生け捕りにしてくれと」

千代が答え、新吉はこんな最中だというのに、やや緊張気味に濃くなった彼女の吐息と体臭に股間を疼《うず》かせてしまった。

「お前、得物《えもの》は？　私の脇差を貸そうか」

「いえ、私は丸腰で構いませんので」

「小憎らしい……」

千代は言い、二人で路地に積まれている材木に並んで腰を下ろした。

次第に夜が更けてくると、もう歩く人もいなくなり静かになった。千之助が危《き》惧《ぐ》していた夜風は、徐々に強くなってきた。

もちろん新吉は風の唸《うな》りの中で、周囲に五感を研《と》ぎ澄ましている。

仄香が言うのだから、小町屋の隣家が襲われるのは確実だろう。

小町屋の隣の呉服問屋は、それなりの大店である。

広い表通りはともかく、裏は長屋や路地が入り組み、押し込むにも逃げるにも地の利がありそうだ。

「おい、こんなところで座っていて良いのか。もっと大店が並んでいる町中ではないのか」

やがて千代が、焦《じ》れたように言った。道場でなく、実戦で戦いたい意気込みを漲《みなぎ》らせ、あるいは何事もないのなら新吉と戯れたいという、そのどちらともいえない苛立《いらだ》ちがあるのだろう。

「静かに」

「え……？」

「裏です」

新吉は立ち上がり、路地裏へと回り込んだ。物陰から様子を窺《うかが》うと、黒いほっかむりをした浪人者たちらしい集団が五、六人ばかり、呉服問屋の裏塀から次々に庭へ忍び込みはじめているではないか。

「あ……」

追いついた千代が彼の肩越しで声を上げる。

「千代様、表へ回って呼子を」

新吉は言うなり飛び出し、千代をそのままにヒラリと跳躍して塀を乗り越えると呉服問屋の庭に降り立った。

「む……！」

一同が振り向き、次々に抜刀すると無言で新吉に斬りかかってきた。

それを新吉は舞うように躱《かわ》しながら、手刀や蹴りを連中の急所に叩き込んでいった。

「むぐ……！」

「ぐええ……」

連中は呻き、呆気《あっけ》なく次々に倒れ込んでいった。

怯《おび》えたように逃げはじめた、一人だけ町人姿の男の襟首《えりくび》を摑《つか》み、新吉がほっかむりを取ると、やはり市助だった。

見張り役だが、火が回ってから混乱に乗じ、小町屋へ忍び込んで澄を拐《かどわ》かそうとでも思っていたのだろう。

「て、てめえ……」

「市助さん、悪いようにはしない」

顔を歪めて呻く市助に言うと、新吉は水月《みぞおち》へ当て身ひと突き。声もなく崩れた市助を抱え上げ、彼は小町屋の庭へと放り込んでおいた。

と、一人の屈強そうな浪人ものが息を吹き返し、逃げ道を探して表通りへと飛び出した。

そこへ、忘れた頃にようやく千代の呼子が鳴った。どうやら、暴れたくて仕方がなく、今まで吹くのをためらっていたのだろう。

「おお、一人だけ出てきたか。私が相手だ」

千代は迎え撃ち、嬉々《きき》として言いながら抜刀した。

そこへ新吉が飛び出すと、ちょうど向こうから千之助も配下を連れて駆けつけてくるではないか。

「おのれ！」

賊は言うなり、いきなり千代に攻撃を仕掛けてきた。

間合いも何もなく、死闘の気迫と道場の駆け引きとの違いに一瞬千代は遅れ、その腕に斬りつけられていた。

「う……！」

千代が呻いて硬直すると、その間に新吉が割って入った。

「下がって！　おい、こっちだ」

新吉が言うと、賊も弱そうな彼に斬りかかってきた。

それを新吉は、額の上で切っ先を両手に挟み止めていた。

「な……、白刃取《しらはど》り……」

腕を押さえている千代と、ようやく駆けつけた千之助が息を呑んだ。

たちまち新吉の挟んだ刀身がパキリと折れると同時に、彼の蹴りが賊の脾腹《ひばら》にめり込んでいた。

「ぐむ……！」

賊は昏倒《こんとう》し、それを役人が取り囲んだ。

「残りは呉服問屋の庭に！」

新吉が叫ぶと捕り方がなだれ込み、彼は千代に駆け寄った。

「大丈夫ですか」

「ああ、浅手だが、何とも不覚……」

言うと千代が顔をしかめて答えた。

袖《そで》をめくって利き腕を見ると、袂《たもと》が裂かれて三寸（約九センチ）ばかり肌が斬り裂かれて血が流れていた。

「ああ、筋は大丈夫でしょう。すぐ治ります」

新吉は言い、千代の袂を千切って傷口に巻き付けて縛り、取り落とした彼女の得物を鞘《さや》に納めてやった。

「こ、これは。賊がみんな……！」

庭に入った役人たちが、転がっている賊を見て驚き、やがて順々に捕縛して引きずり出してきた。

「なに……！」

千之助も驚いて言い、庭を覗き込んでいた。

そんな騒ぎに、呉服問屋からは人が出て来て、小町屋からも善兵衛と志津、澄まで恐々《こわごわ》と出て来た。

「まさか、ここが襲われるとはな……。新吉、お前には驚かされる……」

千之助が感嘆して言い、頭を下げた。

やがて千之助は捕り方たちに、縛り上げた連中を引き立てるように言い、界隈には静けさが戻った。

「さあ、もう大丈夫だ。怪我人や盗《と》られたものはないか」

残った千之助が、呉服問屋と小町屋の面々に言い、何事もないと知ると、

「家に入って休んでくれ。明日また詳しく訊きに来る」

彼が言い、呉服問屋の人たちは辞儀をして引き上げていった。

「新吉には少し話を訊くので、皆は先に寝てほしい」

千之助が小町屋の面々に言うと、善兵衛と志津、澄は千代の傷を心配そうに見ていたが、大した怪我ではないようだし、何しろ新吉が涼しい顔で立っているので、やがて家に入っていった。

そして店の前には、新吉と、千之助と千代の三人が残った。

「瓜生様、全て、あなたの手柄にして下さいませ。私は表立って目立ちたくありませんので」

「なに……」

新吉が言うと、千之助は何か言いたげにしながら絶句した。

「それから、こちらへ」

新吉が小町屋の店の脇から庭に回ると、二人も怪訝《けげん》そうに従ってきた。

そこには、市助がのびたままになっている。

「こ、これは、ここの番頭ではないか」

千代が驚いて言う。

以前から小町屋に出入りしていたので、市助のことは知っている。

もちろん千之助も、市助のことは知っているようだ。

「確か店を飛び出したと聞いていたが」

「ええ、私などが来てもてはやされたため、面白くなく飛び出し、いつしか自棄《やけ》になって盗賊たちに引き入れられたようです」

新吉は市助の後ろに回って身を起こさせ、背に膝頭《ひざがしら》を当てると両手で胸を圧迫し、活《かつ》を入れた。

「ウ……」

すると市助が呻き、息を吹き返すなり自分を覗き込んでいる面々に目を白黒させた。

「でも、市助さんは何も悪事を働いていませんので、どうか見逃してやってくれませんか。彼が店を飛び出したのは、私が原因なのです」

新吉は必死に言った。

何しろ自分が小町屋に来なければ、市助は婿《むこ》入りは叶《かな》わなかったにしろ、今も平穏な暮らしを続けていたはずなのである。

「ううん、気の迷いということか……」

千之助が唸って言った。

「確かに、此度《こたび》の首尾は全て新吉の手柄だ。お前がそう言うなら」

千之助も、杓子定規《しゃくしじょうぎ》でないところを見せて答えた。

実際、新吉がいなければ賊たちは容赦《ようしゃ》なく呉服問屋を皆殺しにし、金を奪って火をかけたに違いない。

その延焼も含め、全てが新吉によって防がれたのである。

そして賊たちに高飛びでもされたら、お上《かみ》の威光も地に落ちたことだろう。

「では、こうしよう」

千代が言った。

「市助は道場で預かる。そして下働きをさせて性根を叩き直し、僅かでも悪事をしそうになったら、その時こそ突き出す」

確かに道場は、師範と千代の二人暮らしで、そうそう門弟たちに掃除や薪割《まきわ》りをやらせるわけにもいかないのだろう。

「それでよいか。おい、市助！」

千代が言うと、へたり込んだまま市助がビクリと顔を上げ、

「お、お縄にならないのでしたら、心を入れ替えて何でも致しますので……」

震える声で答えた。

「ああ、それで良い。ほとぼりが冷めたら、お前が道場にいることは私から巧く小町屋に話しておく。どうせ近くだ。いずれ知れるだろうからな」

千代が言うと、ようやく市助も立ち上がった。

「では引き上げる」

「ええ、傷が心配なので、道場まで送りましょう」

千之助が言い、一同は表通りに出て歩きはじめた。

やがて千之助が番屋に向かい、別れた新吉は、千代と市助と三人で道場に向かった。

「それにしても、斬り合いとは難しいものだ……」

千代が腕をさすりながら言う。

「道場の技など、実戦にはあまり役に立たぬ。やはり破落戸《ごろつき》でも、場数を踏んでいる方が上か」

「これに懲《こ》りて、実戦はひかえて下さいね」

「ああ、分かった。お澄ではないが、私もお花でも習うか」

千代が苦笑して言い、市助だけは恐縮して項垂《うなだ》れっぱなしである。

「し、新吉、さん……。私は……」

「ああ、何も言わなくていいですよ。それより道場へ戻ったら、千代様の傷を洗って、薬を塗って晒《さら》しを巻いてやって下さいね」

言いかける市助に、新吉は答えた。道場だから、傷薬や晒しぐらいいくらでもあるだろう。

市助も口を閉ざし、深々と頭を下げた。

やがて道場が見えてきたので、

「では私はこれで戻ります」

「ああ、また顔を見せる」

新吉が言うと千代が答え、市助がまた辞儀をした。

そして新吉は引き返し、小町屋へと戻ったのだった。

第六章　欲と快楽はいつまで

一

「本当に、怪我がなくて良かったなあ。何しろ明日は待ちに待った祝言《しゅうげん》だ。それに盗賊《とうぞく》も一網打尽《いちもうだじん》で安心したよ」

翌朝、朝餉《あさげ》の席で善兵衛が新吉に言い、あらためて志津も澄もほっとした様子だった。

もちろん新吉は、全て千之助と役人たちが盗賊をやっつけ、彼はその場で見ていたとだけ言ったのである。

やがて朝餉を終え、そろそろ店を開ける仕度をしようとしていたところへ千之助が顔を出した。

「これは、瓜生様。お疲れ様でございました」

「ああ、昨夜のことで、色々上に報告しないとならんので、新吉を番屋まで借りるが良いか」

そう言い、一同も快く新吉を送り出してくれた。

そして番屋へ行く途中、坂上道場を通りかかったので、

「ついでだ。千代先生にも一緒に話を聞くことにしよう」

千之助が言い、道場の庭に回るとすぐ寝巻姿の千代も顔を出した。やはり傷は大したことなかったようで、彼女は腕も吊っていない。

結局、番屋でなく道場の縁側で話をすることになった。師範は奥でノンビリしているし、市助は甲斐甲斐《かいがい》しく薪割《まきわ》りをしていた。

千之助は、昨夜の経過を新吉と千代からつぶさに聞いた。

新吉も、あの界隈《かいわい》が襲われることを知っていたのは内緒にして、まずは物陰で待機していたら盗賊を見つけたと報告したのだった。

「分かった。とにかく千代先生が大怪我でなくて良かった。斬《き》り合おうなどと、何と無謀《むぼう》なことを……」

「ああ、私も自省している。やはり道場とは全く勝手が違った」

千代も、素直に答えた。

「ええ、ああいう連中は死に物狂いですからね。まして仲間が庭で悉《ことごと》く倒されていたから、なおさら自分だけでも逃げようと必死に」

千之助が言ったが、新吉が全員を当て身で昏倒《こんとう》させたことは口にしなかった。

やはり真剣白刃取《しんけんしらはど》りまで見せられては、何やら新吉が薄気味悪くなってきたのだろう。

朝から、盗賊たちの尋問《じんもん》が始まっているようで、連中も昨夜加わらなかった仲間のことまで正直に話しはじめたようだ。

見張り役の市助のことが話に出たかどうか分からないが、千之助は約束通り、そのことは調書に記さず不問にしてくれるのだろう。

「どうせ一人残らず打《う》ち首獄門《くびごくもん》となろう。では私はこれで」

千之助は縁側から腰を上げて言い、辞儀をして立ち去っていった。

それを見送ると、

「新吉、中へ」

千代が言い、彼も招かれるまま上がり込んで彼女の部屋に招き入れられた。

「傷はどうですか」

新吉が聞くと、彼女は敷かれたままの布団に座って袖《そで》をめくった。

そして巻かれた晒《さら》しを解いていくと、浅い傷が痛々しく前腕に走っていた。

しかし縫うほどでもなく、出血も大したことはなかったようである。

「傷薬は臭うから好かぬ。洗って晒しを巻いただけだ」

腕を差し出した千代が言うので、新吉は両手で支え、傷に舌を這わせた。

「アア、心地よい……。傷薬より癒《い》える……」

千代がうっとりと喘《あえ》ぎ、甘ったるい匂いを漂わせた。

「明日は祝言なのだな」

「はい」

「私も酒を持って顔を出す。それより、祝言前にもう一度だけ……」

千代が熱っぽい眼差《まなざ》しを彼に向けて囁《ささや》くと、すぐにも帯を解いて寝巻を脱ぎ去ってしまった。

師範は奥座敷から出てこないようだし、裏からは市助が薪を割る音が聞こえている。

「市助さんは真面目に働いていますか」

「ああ、山ほど用を言いつけてある」

新吉も手早く脱ぎながら聞くと、全裸の千代が仰向けになって答えた。

市助も、元々実直な男だし、何しろ千代が恐いようだから何でも素直に従うことだろう。

むしろ算盤《そろばん》や大福帳の書き入れなどより、掃除や洗濯、薪割りなどの力仕事の方が似合っているかも知れない。

もちろん女を買いに行くほどの小遣《こづか》いはくれないだろうが、捕縛されず、雨風凌《しの》ぐ屋根の下で三食頂けるだけで感謝しているはずである。

たまには市助も、千代の腰巻や足袋《たび》、稽古着《けいこぎ》などを嗅《か》いで手すさびすることもあるだろうが、それぐらいは仕方のないことだ。要は、恐ろしい千代に知られなければそれで良いのである。

やがて新吉も全裸になり、身を投げ出している千代に迫った。

「アア、お澄との三人も楽しかったが、やはり二人きりが良い」

千代が息を弾ませて言い、新吉はまず彼女の足裏を舐め、指の間に鼻を押しつけて濃厚に蒸《む》れた匂いを貪《むさぼ》った。

恐らく昨夜は腕を切られてから帰宅し、手当てだけで水浴びもせず、今朝もそのまま寝巻姿でいたらしいので、匂いは悩ましく鼻腔《びこう》を刺激してきた。

爪先をしゃぶり、汗と脂《あぶら》に湿った指の股に舌を割り込ませて味わうと、

「あう……」

千代はビクリと反応して呻《うめ》いたが、されるままになってくれた。

新吉は両足とも全ての味と匂いを堪能すると、股を開かせて脚の内側を舐め上げていった。

引き締まって張りのある内腿をたどり、陰戸《ほと》に迫ると、すでにそこは大量の淫水にヌラヌラと潤《うるお》っていた。死線を越えたことで、さらなる淫気と期待に包まれているのだろう。

まず彼は千代の両脚を浮かせ、尻の谷間に鼻を埋《うず》め、艶《なま》めかしく突き出た蕾《つぼみ》に籠もる蒸れた匂いを貪ってから、舌を這わせてヌルッと潜り込ませた。

「く……！」

千代が呻き、モグモグと味わうように肛門で舌先を締め付けた。

新吉は舌を蠢《うごめ》かせ、滑《なめ》らかな粘膜を探ってから脚を下ろし、淫水にまみれた陰戸に迫った。

茂みに鼻を擦《こす》りつけ、隅々に籠もって蒸れた汗とゆばりの匂いを貪り、舌を這わせて膣口の襞を掻き回し、味わいながらゆっくりと大きめのオサネまで舐め上げていった。

「アアッ……、いい……！」

千代が喘ぎ、内腿でムッチリときつく彼の顔を挟み付けてきた。

新吉は悩ましく濃厚な匂いに噎《む》せ返りながら、淡い酸味の蜜汁をすすり、舌先で弾くようにオサネを愛撫した。

「す、すぐいきそう……。もう良い……」

千代が言って身を起こしてきたので、彼は入れ替わりに仰向けになった。

彼女は新吉の股間に腹這いになって、すぐにも張り詰めた亀頭にしゃぶり付いてきた。

早く唾液で濡らして一つになりたいのかネットリと舌をからめ、スッポリと呑み込んで貪るように吸い付いた。

「アア……」

新吉は快感に喘ぎ、股間に熱い息を受けながら幹を震わせた。たちまち彼自身は生温かな唾液にまみれ、急激に高まってきた。

やがて千代はスポンと口を離すと身を起こして前進し、彼の股間に跨《また》がった。

先端に濡れた陰戸を押し当て、ゆっくり腰を沈めていくと、

「アアッ……、何と良い……」

千代は喘ぎながら、ヌルヌルッと根元まで受け入れていった。

新吉も肉襞の摩擦と締め付けに包まれ、燃えるような温もりを味わった。

彼女はピッタリと股間を密着させ、身を重ねると胸を突き出してきた。

新吉が顔を上げ、左右の乳首に吸い付いて舌で転がすと、快感が胸から股間に伝わるようにキュッキュッときつく締まりが増した。

両の乳首を味わい、腋《わき》の下にも鼻を埋め、生ぬるく湿った腋毛に鼻を押しつけて嗅ぐと、何とも甘ったるい汗の匂いが濃厚に胸を満たしてきた。

充分に酔いしれてから彼が腋から顔を離すと、すぐにも上から千代の唇が重なってきた。

そして舌を挿《さ》し入れて蠢かせ、彼の肩に腕を回し、もう逃がさぬというふうに肌の前面をグイグイと押しつけてきた。

彼も下から両手でしがみつき、膝を立てて蠢く尻を支えた。

「ンン……！」

千代は熱く息を弾ませて彼の鼻腔を湿らせ、舌をからめながら徐々に腰を動かしはじめた。新吉も合わせてズンズンと股間を突き上げると、大量の淫水が動きを滑らかにさせた。

「アアッ……、いい気持ち……」

千代が口を離し、唾液の糸を引いて喘ぎながら動きを速めてきた。

クチュクチュと淫らに湿った摩擦音が響き、溢《あふ》れるヌメリで互いの股間がビショビショになった。

彼女の吐き出す濃厚な肉桂臭《にっけいしゅう》の吐息を嗅ぐと、たちまち新吉は昇り詰めてしまった。

「い、いく……！」

彼が快感に貫かれて口走りながら、熱い大量の精汁をドクンドクンと勢いよくほとばしらせると、

「か、感じる……。アアーッ……！」

奥に噴出を受けた千代も声を上げ、ガクガクと狂おしい痙攣《けいれん》を開始して激しく気を遣《や》った。

収縮が強まると、新吉は駄目押しの快感の中で心置きなく最後の一滴まで出し尽くし、すっかり満足しながら突き上げを弱めていった。

「アア……」

千代も声を洩らし、強《こわ》ばりを解いてグッタリともたれかかってきた。

まだ膣内は収縮を繰り返し、新吉は締め付けの中でヒクヒクと過敏に幹を跳ね上げた。

そして千代の重みを受け止め、かぐわしい吐息を嗅ぎながら、うっとりと快感の余韻に浸り込んでいったのだった。

まだ裏からは、市助の薪割りの音が続いていた。

二

「じゃ、お澄を連れて挨拶《あいさつ》回りと買い物に行ってくるからな」

「ええ、じゃ私は新吉さんの紋付《もんつ》き袴《はかま》を用意しますので」

昼過ぎに早々と店を閉めると善兵衛が言い、志津が答えた。やがて善兵衛は、お澄と一緒に出て行ってしまった。

新吉は、千代の家から帰宅し、昼まで店を手伝っていた。

明日は祝言だから、今日は掃除やら仕度やらがあるので昼餉のあとに店を閉めたのである。

しかし二人きりになると、すぐにも志津は彼を部屋に招き入れた。

実は、すでに先代の紋付き袴、羽織《はおり》や足袋などは全て揃えられているのだ。

先代も小柄なようだったので、着てみなくても新吉にピッタリだろう。

やはり志津も千代のように、祝言前の新吉を味わいたいようだ。

「さ、急いでお願い」

志津は言って帯を解き、たちまち着物を脱いで一糸《いっし》まとわぬ姿になってしまった。すでに床も敷き延べられている。

新吉も手早く脱いで全裸になると、身を横たえた志津にのしかかっていった。

チュッと乳首に吸い付いて舌で転がし、顔中で豊かに息づく膨《ふく》らみの感触を味わった。

両の乳首を交互に含んで舐め回すと、

「アア……、いい気持ち……」

志津が顔を仰《の》け反《ぞ》らせて喘ぎ、クネクネと熟れ肌を悶《もだ》えさせはじめた。

新吉は腋の下にも鼻を埋め、色っぽい腋毛に籠もる甘ったるい汗の匂いに酔いしれ、白く豊満な肌を舐め下りていった。

腰から脚を舐め下りると、

「ああ、そんなところはいいから……」

志津は、気が急《せ》くように言った。善兵衛と澄が早めに帰ってくるかも知れないと焦《あせ》っているのだろう。

しかし魔界の力を宿した新吉には、二人が帰途につく様子なども手に取るように分かるのだ。

だから彼は悠然《ゆうぜん》と志津の足指の蒸れた匂いを味わい、爪先をしゃぶり、股間に顔を寄せて脚を浮かせ、尻の谷間まで味と匂いを貪ってから、ようやく脚を下ろして陰戸に顔を埋め込んでいった。

茂みに鼻を埋め込み、汗とゆばりの蒸れた匂いで胸を満たし、割れ目内部を舐めると淡い酸味のヌメリが舌の動きを滑らかにさせた。

淫水を掬《すく》い取り、オサネを舐め回すと、

「アア……、いい気持ち……。私も欲しい……」

志津が言って手を伸ばし、彼を抱き寄せてきた。

導かれるまま新吉が進んで志津の腹に跨がると、彼女は豊かな胸の谷間に幹を挟んで両側から揉《も》み、顔を上げて舌を伸ばし、粘液の滲《にじ》みはじめた鈴口《すずぐち》をチロチロと舐め回した。

彼は柔肌の温もりと舌の蠢きに高まり、さらに一物《いちもつ》を口に押し込んだ。

「ンン……」

志津が熱く呻き、肉棒に吸い付きながら舌をからめてくれた。

熱い息を下から股間に受け、やがて充分に一物が唾液にまみれると、

「い、入れて……」

志津が口を離して言い、彼も股間に戻った。

そして大股開きになった中心部に一物を進め、先端を濡れた陰戸に押し当て、ゆっくりと挿入していった。

「アアッ……。い、いい……！」

ヌルヌルッと根元まで貫くと、志津がキュッと締め付けて喘いだ。

彼は股間を密着させ、脚を伸ばして本手《ほんて》（正常位）で身を重ねていった。

胸の下で豊かな乳房が押し潰《つぶ》れて心地よく弾み、志津も両手を回してシッカリと抱き留めた。

温もりと感触を味わいながら新吉が唇を重ねていくと、志津もネットリと舌をからめて、徐々にズンズンと股間を突き上げはじめた。

合わせて新吉も腰を突き動かすと、

「アア、すぐいきそう……」

志津が口を離し、熱く喘ぎながら収縮と潤いを増していった。

気が急いていることもあり、急激に絶頂が迫ってきたのだろう。

新吉も、彼女の喘ぐ口に鼻を押し当て、お歯黒の金臭い成分の混じった白粉臭《おしろいしゅう》の熱い吐息を嗅ぎながら高まった。

「い、いくわ……。アアーッ……！」

たちまち志津が喘ぎ、彼を乗せたままガクガクと狂おしく腰を跳ね上げて気を遣ってしまった。

新吉も収縮の渦に巻き込まれ、

「く……、気持ちいい……！」

呻きながら続いて昇り詰めていった。ありったけの熱い精汁がドクンドクンと注がれると、

「あう、もっと……！」

噴出を感じた志津が駄目押しの快感に呻き、さらにキュッキュッときつく締め付けてきた。新吉も快感を嚙み締め、心置きなく最後の一滴まで出し尽くしていった。

満足しながら動きを止め、身を重ねていくと彼女も力を抜いた。

彼は息づく膣内でヒクヒクと幹を過敏に震わせ、かぐわしい吐息を嗅ぎながらうっとりと余韻に浸り込んだ。

「ね、おっかさんて呼べる……？」

荒い呼吸を整えながら、志津が囁いた。

一つになった状態で訊《き》いてくるのもおかしなものだが、

「新吉と呼んで下さい」

彼が言うと、さらに志津は膣内を締め付けた。すでに善兵衛は呼び捨てに慣れてきたが、まだ志津は呼んでいないのである。

「ええ、じゃ新吉……」

「はい、じゃ私もおっかさんと呼びますよ」

「アア、何て可愛い」

志津は声を弾ませて言い、感極まったように彼を抱きすくめ、両脚まで彼の腰に搦《から》めてきたのだった。

膣内の艶めかしい収縮が続き、また彼自身は内部でムクムクと回復しそうになってしまったが、

「いけない、急いで流さないと……」

思い出したように志津が言うので、彼もそろそろと身を起こし、股間を引き離したのだった。

やがて二人で裏の井戸端へ行き、手早く股間を洗ってから身体を拭き、部屋に戻ると志津は身繕《みづくろ》いをした。

新吉は、一応先代の紋付きと袴を着けてみたが、やはりちょうど良い。

「ああ、似合うわ」

「ええ、では明日ちゃんと着ますね」

言われて新吉は答え、すぐに脱いで普段着に着替えたのだった。

そして少し休憩してから志津が掃除をはじめたので、新吉も手伝ううち、間もなく善兵衛と澄も帰ってきた。

「早くもあちこちでご祝儀をもらってしまったよ。祝言前のお澄を見るため、町の人がみんな出てきて大変だった」

善兵衛が嬉《うれ》しげに言い、皆で明日の祝言で多くの人を迎える仕度をしたのだった。

やがて日が傾き、夕餉を済ませると、澄は親の部屋へと引っ込んだ。

やはりけじめを付け、離れで暮らすのは明晩からとするつもりらしい。

日が落ちると新吉も、澄との情交は明日の初夜を楽しみにすることにし、一人で離れへと戻ったのだった。

そして寝巻に着替えて布団を敷き、行燈《あんどん》を消して寝ようとすると、そこへいきなり仄香《ほのか》が姿を現したのだった。

三

「何もかも上手《うま》くいっているようね」

「ええ、仄香のおかげです。本当に有難う」

新吉は、全ての幸運の切っ掛けとなった彼女に頭を下げて言った。

今宵《こよい》も仄香は、整った顔立ちに白い着物に長い黒髪の、妖《あや》しい神秘の雰囲気を持っている。

「でも、世の中をも大きく動かせる力があるのに、小さな幸せに落ち着こうとするの？」

「物足りないですか。私一人ではどうにも」

彼は、目の前の神秘の美女に淫気を催《もよお》しながら言った。

確かに、千之助の上役の与力にでも取り入って、魔界の力で難なく士分扱いにされ、さらには城へ出入りして政《まつりごと》を左右することなどまで出来るかも知れないが、それは自分の分を越えてしまうと新吉は思った。

何より彼は、澄やこの家族と平穏な暮らしをし、たまに千之助や千代を手伝えればそれで良いと思っていたのである。

「別に、力をどう遣おうと新吉の気ままにして構わないわ。私はただ、それを見ているだけ」

仄香が言う。

「そう、間もなく盗賊の一味は、みな打ち首獄門となるわ。もちろん死んでからは何万年も地獄の責め苦を受けるでしょう」

「ええ、此度《こたび》は、二親の敵《かたき》が討てただけで満足です」

「私はこれから、また別の世へ飛んで、誰かに力を与えることにするわ。皆それぞれ力の使い方は違うだろうから、それを見て回るの」

「え……？　これでお別れ……？」

「ええ、そうよ。次は何年か何十年か先へ行くと思うわ」

それまで新吉が生きていれば、いつか力を持った男と出会うかも知れない。

「お別れならば、もう一度だけ……」

新吉は股間を突っ張らせながら迫った。やはり仄香はこの世のものではないから、別れの寂しさはあまりなく、むしろ力を与えられた感謝とともに、絶大な淫気が湧き上がっていたのである。

すると仄香は、帯を解いて着物を脱いでくれた。

新吉も手早く全裸になり、互いに一糸まとわぬ姿で布団にもつれ込んだ。

もちろん朝まで、誰も離れに来ることはない。

抱き合うと、互いの身体がフワリと浮き上がった。

「うわ……」

宙に浮くと重さが感じられず、新吉は未知の感覚に声を洩らした。

「遠い空の果てだと、このようになるわ」

仄香が言い、唇を重ねて舌をからめてきた。新吉もしがみつきながら彼女の熱い息で鼻腔を湿らせ、注がれる唾液をすすった。それは生温かく小泡混じりで、飲み込むたび新たな力が湧いてくる気がした。

充分に喉を潤すと、新吉は口を離して彼女の熱い息を嗅いだ。それは花粉のような刺激を含んで、彼の胸が悩ましく掻き回された。

やがて彼は空中で移動し、仄香の乳首に吸い付き、顔中で膨らみを感じながら舐め回した。

両の乳首を味わうと腋の下にも鼻を埋め、和毛《にこげ》に籠もる甘ったるい匂いに酔いしれた。

さらに肌を舐め下り、足指の味と匂いを貪り、尻の谷間に顔を埋めて舌を這わせ、陰戸に唇を押し当てていった。

すると仄香も彼の股間に顔を寄せ、スッポリと喉の奥まで深々と呑み込んで吸い付き、熱い息を股間に籠もらせながら舌をからめてくれた。

二つ巴《どもえ》で宙に浮いているので、もうどちらが上か下かも分からず、二人は最も感じる部分を吸い合った。

ズンズンと腰を突き動かし、仄香の喉の奥を先端で突いても、人ではないから噎せることもない。

むしろ仄香はたっぷりと唾液を出して動きを滑らかにしてくれながら、スポスポと強烈な摩擦をして、舌もからめてきた。

新吉が舐めている陰戸も熱い淫水が湧き出し、悩ましい匂いが彼の胸に沁み込んできた。

「い、入れたい……」

すっかり高まった新吉が言うと、仄香も口を離して向き直り、一物をヌルヌルッと滑らかに膣口に受け入れていった。

「ああ、気持ちいい……」

新吉は深々と挿入して快感に喘ぎ、互いに正面からシッカリと抱き合うと仄香が両脚まで彼の腰に搦めてきた。

これも宙に浮いているから、本手（正常位）か茶臼《ちゃうす》（女上位）か分からないが、重みがないのに密着感だけは充分に感じられた。

あるいは、魔界や天界の人々は、こんなふうに優雅に舞いながら交わっているのかも知れない。

しがみつきながら腰を突き動かしはじめると、仄香も股間を蠢かせ、たちまちぶつけ合うほど激しいものになっていった。

しかも抱き合った二人は常に同じ向きにあるわけではなく、時に天井が見えたり布団が見えたり、あるいは横向きになって壁が見えたりし、時には回転したりもした。

それでも酔うようなこともなく、急激に快感が高まってきた。

新吉は仄香の舌を舐め、神秘の力を含んだと息と唾液を貪りながら、そのまま絶頂に達してしまった。

「ク……！」

溶けてしまいそうに大きな快感に全身を包まれ、彼は呻きながらありったけの熱い精汁をドクンドクンと勢いよくほとばしらせた。

「アア、いい気持ち……」

仄香も声を上げ、互いにガクガクと狂おしく痙攣して気を遣った。

やがて彼が快感を嚙み締めながら、最後の一滴まで出し尽くしていくと、

「ああ……」

仄香は満足げに声を上げ、浮いていた二人の体がゆっくりと下降していった。

新吉の背と尻が布団に下りて密着すると、やはり茶臼の形になって彼女の重みが感じられてきた。

ようやく互いの動きが止まると、彼自身は息づく膣内に刺激されヒクヒクと過敏に震えた。

そして新吉は、仄香の喘ぐ口に鼻を押し込み、花粉臭の吐息を胸いっぱいに嗅ぎながら、うっとりと余韻を味わったのだった。

「さあ、これでまた力を新たにしたでしょう。では私はこれで」

仄香は熱く囁くと身を起こし、股間を引き離していった。

そして、そのままスウッとその姿を掻き消してしまったのだった。

「仄香、どうも有難う……」

新吉は宙に向かって言い、心地よい気怠《けだる》さの中でグッタリと身を投げ出した。

一物に目を遣ると、やはりヌメリは全て彼女が吸い取ったように、拭くまでもなく、すでに股間は乾いていた。

彼は布団をたぐり寄せ、そのまま眠りに落ちていったのだった……。

四

「さあ、今日は忙しくなるぞ」

家族四人、茶漬けで軽く朝餉を済ませると、善兵衛が言った。何しろ昼間から祝言が始まるのである。

今日は朝から風呂を沸かしているので、まず第一番に新吉が入らされた。

ゆっくり浸かって体を洗い、湯から上がると新吉は真新しい下帯《したおび》を着けた。

そして紋付き袴に足袋、羽織を着て正装した。

澄も風呂のあとは部屋で化粧と着替えに余念がなく、裏長屋のおかみさんたちまで手伝いに来ていた。

善兵衛と志津も正装し、客を迎える仕度をした。

酒や料理も次々に届けられた。

やはり祝言は女のものであり、新吉はすることもなく、ごった返す中でただウロウロするばかりである。

と、やがて千代と千之助が酒樽《さかだる》を持ってやってきた。千代は相変わらず二本差しの男装、千之助も十手《じって》を帯びたいつもの同心姿だ。

「おお、似合うぞ、新吉」

「有難うございます」

千代に紋付き袴姿を褒《ほ》められ、新吉は礼を言って頂いた酒を置いた。

「どうぞ、お上がり下さいませ」

新吉が言うと、二人は上がり込んで、善兵衛と志津に挨拶をした。

そして奥座敷に行き、化粧を終え、綿帽子《わたぼうし》と花嫁衣装に身を包んだ澄を見ると、

二人はすぐに出て来た。

「どうぞ、お席の方へ。まだ人は集まっておりませんが」

「いや、八丁堀や武家娘がいては、他の人たちの居心地が悪かろう。私たちはこれにて失礼する」

新吉が言うと千之助が首を振って答え、千代も頷《うなず》いている。

どうやら最初から二人は宴席に着く気はなく、それで早めに来て祝いの品を置いていったのだろう。

「では、また近々顔を見せる」

「何か難儀な物盗《ものと》りや殺しがあったら相談させてくれ」

千代と千之助が言い、新吉が店先まで見送りにいくと、そこに市助が来ていたのだ。

「おお、市助、中に入れ。善兵衛さんとお志津さんに挨拶しろ。私が口添えしてやる」

千代に言われ、市助も恐る恐る入ってきた。

そして千代が市助を、善兵衛と志津の前に引き出すと、

「い、市助じゃないか……」

善兵衛は目を丸くし、志津も息を呑んでいた。

「今うちの道場でコキ使っている」

「そうでしたか……」

千代の言葉に善兵衛が頷くと、市助はなけなしの金を包んで差し出した。

「いつぞやは本当に申し訳ありませんでした。拝借した分には足りませんが、またあらためてお詫《わ》び方々お持ち致します」

「ああ、そんなことはいい。祝いに来てくれたのだな。礼を言うよ」

善兵衛は快く金を受け取った。もちろん善兵衛も志津も、市助が盗賊集団に加わっていたことは知らない。

「お嬢様にはお会い致しませんが、くれぐれもお詫びとお祝いのこと、お伝え下さいませ」

市助が深々と頭を下げると、

「ああ、もうよかろう。もっと真っ当になったらまた挨拶に来れば良い」

千代が言い、やがて市助に千之助と、三人は帰っていった。

「いやあ、驚いたな。市助が道場で下働きとは」

善兵衛が言い、逐電《ちくでん》していた市助を気にかけていたのか、夫婦も安心したようだった。

すると続々と祝いの人たちがやってきた。

商家や書画会の面々、新吉が似顔を描いてやった澄の手習いの仲間たち、さらには千之助あたりが報《しら》せてくれたのか、蔵前からは新吉が世話になった老住職まで駕籠《かご》で来てくれたのだった。

やがて一同は席に着き、裏長屋の連中も庭で酒と料理が振る舞われた。

「じゃ、仕度も調《ととの》ったので、花嫁を見てやって下さい」

化粧や着替えを手伝っていた長屋のおかみさんに言われ、新吉は澄の部屋に行った。

すでに澄は、両親への挨拶は終えたらしい。まあ他へ嫁に行くわけではないので、涙ながらの挨拶ではなかったようだ。

「ああ、綺麗だよ、すごく」

部屋に二人きりになると、新吉は澄の花嫁姿に目を見張って言った。

白無垢《しろむく》の衣装に綿帽子、化粧した澄は可憐《かれん》な町娘の面影はなく、実に大人びて艶《あで》やかだった。

明日からは、島田《しまだ》から丸髷《まるまげ》に結い直し、お歯黒も塗ることになる。

娘と新造《しんぞう》の境目が今日なのだ。

澄が手を突き、頭を下げて言う。

「私なんかで、よろしいのでしょうか」

「それは私が言うべき言葉だよ」

新吉も答えながら膝を突き、澄に顔を上げさせて唇を求めた。

「口紅が溶けるので……」

「じゃ、ベロを出して」

か細く言う澄に言うと、彼女も紅の塗られた愛らしい口を開き、チロリと桃色の舌を伸ばしてくれた。

新吉はチロチロと舐め、生温かく滑らかな唾液のヌメリと、ほんのり甘酸っぱい吐息の匂いに股間を疼かせた。

澄も顔を上気させているのだろうが白粉でよく分からず、微《かす》かに笑窪《えくぼ》だけは窺《うかが》えた。

新吉は、花嫁衣装の澄に一物まで舐めてもらいたかったが、

「さあ、お客様がお集まりですよ」

手伝いのおかみさんが言って襖《ふすま》を開けたので、新吉は身を離した。

「そう慌てず、あとは夜の楽しみにとっておいて下さいな」

おかみさんが笑って言い、新吉は澄の手を取って立ち上がり、部屋を出て祝言の席へと入っていった。

「よう、お二人さん！」

来客がやんやの喝采《かっさい》を送り、二人は上座に座って頭を下げた。

やがて三三九度がはじめると座は静かになり、盃《さかずき》を交わすと仲人《なこうど》である商家の顔役が挨拶をし、あとはざっくばらんな宴会となっていった。

新吉はそっと隣にいる澄の横顔を見た。

思えば、庚申塚《こうしんづか》で仄香の力をもらい、神田に来て最初に出会ったのが澄であった。あれが一目惚《ひとめぼ》れだったのだろう。

まさか、あれから何日も経たぬうち、こうして家族として祝言の席に並んで座っているのである。

これはやはり縁や巡り合わせなどという生易《なまやさ》しいものではなく、全ては仄香にもらった力で彼が望んだことなのだろう。

「本当に綺麗な花嫁さんだこと」

「ああ、若旦那《わかだんな》も実に立派じゃないか」

来客たちが口々に言い、やがて日が傾く頃お開きとなった。

帰っていく客たちに礼を言って見送り、おかみさんたちが後片付けを手伝ってくれた。

そして日が落ちると、みな引き上げてゆき、新吉と澄、両親たちも着替えて戸締まりをし、それぞれの部屋へと引き上げた。

新吉は寝巻姿の澄と、ようやく離れで二人きりになったのだった。

五

「どうか、よろしくお願い致します」

「ああ、こちらこそ。ではお澄と呼ぶよ」

新吉は澄に答え、すでに紅白粉を落として素顔になっている新妻に迫った。明日は丸髷に結うので、澄は島田を解いて黒髪を流している。

やがて互いに寝巻を脱ぎ去り、一糸まとわぬ姿で布団に横になった。

澄は神妙に目を閉じ、仰向けになって身を投げ出していた。祝言を終えたので生娘《きむすめ》に戻った気分でいるのかも知れない。

新吉も、初めて澄に触れるようにそっと乳首に吸い付いていった。

「あう……」

澄がビクリと敏感に反応し、身を震わせて熱く呻いた。

やはり初夜という思い入れもあり、相当に感じやすくなっているようだ。

新吉はコリコリと硬くなっている乳首を舌で転がし、顔中で膨らみを味わいながら、もう片方も含んで舐め回した。

両の乳首を充分に味わい、彼女の腕を差し上げて腋の下に鼻を埋め、生ぬるく湿った和毛に鼻を擦りつけて嗅ぐと、朝風呂に入ったとはいえ祝言の緊張で汗ばみ、濃厚に甘ったるい匂いが沁み付いていた。

新吉は新妻の体臭でうっとりと胸を満たしてから、白く滑らかな肌を舐め下りていった。

愛らしい臍《へそ》を探り、下腹に顔を押しつけて心地よい弾力を味わい、腰から脚をたどって足裏にも舌を這わせた。

縮こまった指に鼻を割り込ませると、やはり汗と脂に湿って蒸れた匂いが悩ましく鼻腔を刺激してきた。

充分に嗅いでから爪先にしゃぶり付き、順々に指の股に舌を潜り込ませて味わっていくと、

「アアッ……！」

澄が、まるで初めて舐められたかのように喘ぎ、クネクネと悶えた。

新吉は両足とも存分にしゃぶり、味と匂いを貪り尽くしてしまった。

そして股を開かせ、脚の内側を舐め上げ、白くムッチリとした内腿をたどって股間に迫っていった。

生娘の気分で身を投げ出していたが、陰戸はヌラヌラと熱く清らかな蜜汁に潤っていた。

やはり気分より、今まで覚えて目覚めた快感への期待が大きいのだろう。

そして今まで以上に、今宵の情交は澄にとって特別なものに違いない。

新吉も堪《たま》らず、彼女の股間に顔を埋め込んでいった。

柔らかな若草に鼻を擦りつけて嗅ぐと、蒸れた汗とゆばりの匂いが可愛らしく籠もり、うっとりと鼻腔に沁み込んできた。

舌を挿し入れ、淡い酸味を含んだヌメリを掻き回し、膣口の襞からゆっくり小粒のオサネまで舐め上げていくと、

「ああ……。い、いい気持ち……」

澄が喘ぎ、内腿でキュッと彼の両頬を挟み付けてきた。

新吉はチロチロと舌先で弾くようにオサネを舐め、新たに溢れる温かな淫水をすすった。

さらに澄の両脚を浮かせ、尻の谷間に鼻を埋め、蕾に籠もった匂いを貪ってから舌を這わせた。

「あう……！」

ヌルッと潜り込ませて滑らかな粘膜を探ると澄が呻き、肛門でキュッときつく舌先を締め付けた。

新吉は中で舌を蠢かせ、ようやく脚を下ろして再び陰戸に舌を戻した。

執拗《しつよう》にオサネを舐めていると彼女の白い下腹がヒクヒクと波打ち、すでに小さく気を遣る波が押し寄せてきているようだった。

「ゆばりを出して。こぼさないから」

彼が股間から言うと、澄は仰向けのまま息を詰め、懸命に尿意を高めはじめてくれた。

元より彼に宿った魔界の力で拒《こば》むことも出来ず、また澄も今までの体験から、抵抗なく出せるようになっているのだろう。

やがて割れ目内部の温もりと潤いが変化し、柔肉が妖しく蠢いた。

「あう、出ます……」

澄がか細く言うなり、チョロチョロと熱い流れが溢れてきた。

新吉は口を付けて吸い出し、温かなゆばりをうっとりと味わいながら喉に流し込んでいった。

「アア……」

澄は仰向けのままでの放尿に喘ぎ、流れも途切れがちだった。

やはり味も匂いも淡いもので、あまり溜まっていなかったか、一瞬勢いが増したものの間もなく流れは治まってしまった。

彼は一滴もこぼさず飲み干すことが出来、残り香の中で余りの雫《しずく》をすって舐め回した。

新たな蜜汁が溢れ、割れ目内部は淡い酸味のヌメリに満ちていった。

「い、いきそう……」

なおもオサネを舐めると、澄が弱々しく嫌々をして言った。

やがて良い頃合いで股間を這い出し、彼は添い寝しながら澄の顔を股間へと押しやった。彼女も心得て移動し、大股開きの真ん中に腹這いになると、長い髪がサラリと内腿を刺激した。

新吉が両脚を浮かせ、自ら両手で谷間を広げると、澄も厭《いと》わずチロチロと肛門を舐め回してくれ、熱い鼻息でふぐりをくすぐった。

そして自分がされたようにヌルッと潜り込ませると、

「ああ、気持ちいい……」

新吉は妖しい快感に喘ぎ、モグモグと新妻の舌先を肛門で締め付けた。

中で舌が蠢くと、内側から刺激された幹がヒクヒクと上下し、鈴口から粘液が滲んだ。

脚を下ろすと澄は舌を離し、鼻先のふぐりにしゃぶり付いた。

二つの睾丸《こうがん》を舌で転がし、充分に唾液に濡らすと、愛撫をせがむように息づく肉棒の裏側をゆっくり舐め上げてきた。

先端まで来ると粘液の滲む鈴口をチロチロと舐め、張り詰めた亀頭をくわえ、そのままスッポリと喉の奥まで呑み込んでいった。

彼の股間を長い黒髪が覆《おお》い、その内部に熱い息が籠もった。

「ああ……」

新吉は快感にうっとりと喘ぎ、新妻の口の中で唾液にまみれた肉棒をヒクつかせた。

澄も熱い鼻息で恥毛をそよがせながら、モグモグと幹を締め付けて吸い、口の中ではクチュクチュと滑らかに舌をからめてくれた。

快感に任せてズンズンと小刻みに股間を突き上げると、

「ンン……」

喉の奥を突かれた澄が小さく呻き、さらにたっぷりと唾液を出してくれた。

やがて充分に高まると新吉は、

「いいよ。入れるね」

言うと、澄はチュパッと口を離して添い寝し、仰向けになってきた。

やはり初夜は本手（正常位）で交わりたいのだろう。

心得て新吉も身を起こし、澄の股を開かせて股間を進めていった。

彼は急角度にそそり立った幹に指を添えて下向きにさせ、先端を濡れた陰戸に擦りつけた。

位置を定めるとゆっくり挿入し、張り詰めた亀頭が潜り込むと、あとはヌルヌルッと滑らかに根元まで吸い込まれていった。

「アアッ……！」

澄がビクッと顔を仰け反らせて喘ぎ、キュッときつく締め付けてきた。

新吉も肉襞の摩擦と締め付け、熱いほどの温もりと潤いに包まれながら股間を密着させ、脚を伸ばして身を重ねていった。

澄も、下からシッカリと両手を回してしがみつき、味わうようにキュッキュッと締め付けてきた。やはり気分は生娘でも、快楽を覚えた肉体の反応は正直であった。

新吉は胸で乳房を押し潰し、心地よい弾力を感じながら、上からピッタリと唇を重ねていった。

舌を挿し入れ、滑らかな歯並びを左右にたどると彼女も歯を開き、チロチロと舌をからめてきた。

生温かな唾液に濡れて滑らかに蠢く舌を味わい、徐々に腰を突き動かしはじめると、

「アアッ……。い、いい……」

澄が口を離してビクリと仰け反り、熱く喘ぎながら、ズンズンと合わせるように下から股間を突き上げてきた。

新吉は彼女の肩に腕を回し、新妻の吐き出す甘酸っぱい果実臭の息を胸いっぱいに嗅ぎながら、徐々に動きを強めていった。

たちまち新吉は高まり、もう我慢せずに、そのまま大きな絶頂の快感に全身を貫かれてしまった。

「く……！」

呻きながら、ありったけの熱い精汁をドクンドクンと勢いよく柔肉の奥にほとばしらせると、

「い、いく……。アアーッ……！」

奥深くに噴出を感じた途端に、澄が熱く喘ぎ、ガクガクと狂おしい痙攣を開始し、激しく気を遣った。

膣内の収縮が強まり、彼は駄目押しの快感の中で心置きなく最後の一滴まで出し尽くしていった。

すっかり満足しながら動きを弱めていくと、

「ああ……、今までで一番気持ち良かったです……」

澄も満足げに声を洩らすと、柔肌の硬直を解いてグッタリと身を投げ出していった。

新吉も力を抜いて身を重ねると、まだ息づく膣内に刺激され、中でヒクヒクと過敏に幹が跳ね上がった。

「あう……」

澄も過敏になっているように呻き、幹の震えを抑えるようにキュッときつく締め付けた。

新吉は完全に動きを止めてのしかかり、熱くかぐわしい吐息を嗅ぎながら、うっとりと快感の余韻に浸り込んでいった。

「何だか、命中したようです……」

「え……？」

荒い息遣いとともに言う澄に、彼は聞き返した。

「女には分かると言うけど、今がそうだと思います」

澄が言い、どうやら妊娠のことを言っているのだということが、ようやく新吉にも分かった。

（子が……）

そう、思えば一人娘に婿入りしたからには、新吉も澄も子を成すのが最も大切な仕事なのである。

まだ男か女か分からないが、これで天涯孤独《てんがいこどく》な新吉に、唯一血の繋《つな》がった肉親が出来るのだ。

こうして、これからも平凡だが小さな幸せが続いてゆくのだろう。

(いったい、仄香に力をもらった他の世の男たちは、どんな生き様を見せるのだろうか……)

新吉はそんなことを思いながら、可憐な新妻に重なったまま荒い呼吸を整えたのだった……。

コスミック・時代文庫

ほのか魔界帖《まかいちょう》
淫望始末ノ事

2024年10月25日　初版発行

【著 者】
睦月影郎《むつきかげろう》

【発行者】
佐藤広野

【発 行】
株式会社コスミック出版
〒154-0002 東京都世田谷区下馬 6-15-4
代表　TEL.03(5432)7081
営業　TEL.03(5432)7084
　　　FAX.03(5432)7088
編集　TEL.03(5432)7086
　　　FAX.03(5432)7090

【ホームページ】
https://www.cosmicpub.com/

【振替口座】
00110-8-611382

【印刷／製本】
中央精版印刷株式会社

ISBN978-4-7747-6600-3 C0193

COSMIC 時代文庫

睦月影郎 痛快官能エンタテインメント！

書下ろし長編時代小説

淫気の力は無敵の力
虚弱な若君大躍進！

あかね淫法帖
若君の目覚め

あかね淫法帖
姫様お目見得

あかね淫法帖
片恋の果てに

あかね淫法帖
仙界の媚薬

あかね淫法帖
独り楽しび

絶賛発売中！

お問い合わせはコスミック出版販売部へ！
TEL 03(5432)7084
https://www.cosmicpub.com/